君に恋をするなんて、ありえないはずだった

筏田かつら

宝島社
文庫

宝島社

Contents

要するに、
お互い「絶対ない」存在だった

最初は「結構かわいい」と思った。だけどそれからすぐに「イヤな女」だと思い知らされた。そしてその次は――

あれは、入学したてのまだ一回目の席替えもしていない頃だった。

「えーと、資料集の十四ページの上の図を見てください」

現代社会の授業中。黒板の前に立つ教師にそう言われて、慌《あわ》てて机の中から資料集を取り出した。

そのとき、ふと隣の席が目に入った。そこに座る女子生徒は資料集を忘れてしまったらしく、することもなくただぼんやりと片肘《かたひじ》を突いていた。

「温室効果ガスの排出割合なんだが、まぁ、図のとおり二酸化炭素がほとんどで、……」

教師が資料集に沿った解説を始め、「どうしよう」と彼は考えた。隣の女の子とは今まで喋ったことがない。だけど困っているのを知っていて見て見ぬふりをするのも良心が痛む。

彼は思いきって声を掛けた。

「北岡《きたおか》さん」

隣の女子の茶色い頭がこちらを振り返った。

化粧をしているのか、隙がなく整った小さな顔。大胆に開けられたシャツの合わせからは鎖骨が覗き、その上でネックレスの小さな石が揺れた。目のやり場に困り慌てて顔へ視線を戻すと、そこから険しい目つきが彼に向かって注がれていた。怖じ気づきながらも彼は続ける。

「あの……、資料集、見ますか」

すると彼女は、怪訝《けげん》そうに答えた。

「いや、いい」

「え……」

彼が呆気《あっけ》にとられていると、彼女は後ろを振り向き、そこに座っていた女子に「ねーねー、ちょっと見せて」と愛想よく頼み込んだ。

後ろの女子は「えー、しょうがないなー」と笑いながら当該ページを開いて見せる。だが北岡の方は体を捻《ひね》っておりだいぶ見づらそうだ。

「はい。じゃ、次は教科書の二十ページ。えー……と、誰に読んでもらおうかな」

教師が「出席番号二十番の者」と指名をすると、教室の左の方からたどたどしく朗読する声が聞こえてきた。

彼はちらりと横を見る。隣の北岡は先ほどのことなどなかったかのように、涼しい顔で教科書に目を落としている。

くすくす、という笑い声が後ろから聞こえる。もしかしてすげなく断られた自分のことを嘲《あざけ》っているのかもしれない。

（なんだよ、くそ……）

別に下心があったわけではない。ただ数秒間のあいだだけ資料集を共有するだけで、そんな風に意識をする方がどうかしている気がする。親切心で申し出たのに、何故それを厄介ごとのように扱われなくてはいけなかったのか。とんだ恥をかかされた。北岡の澄《す》ました横顔が視界に入るだけで、苦々《にがにが》しい風が心の中を掻《か》き乱していく。

とりあえず彼は、今後どんな些《さ》細《さい》なことであれ、二度と彼女とは関わり合いにならないようにしよう、そう胸に決めたのだった。

高慢と偏見と眼鏡と オーバーサイズのオールスター

「はい。じゃ、今配った進路調査票は、週明けに回収するから。それまでに埋めておくように」

　そう言って担任がホームルームを締めくくると、ガタガタという音と共に皆が一斉《いっせい》に席を立った。

　その中で彼は手にしていた茶色い紙切れへ眼鏡を向けた。開け放した窓からは、湿気を孕《はら》んだ夏の空気が蝉《せみ》の声を乗せてやってくる。

（もう、そんな時期なんだな）

　気が付けばこの学校に入学してから二年あまりが過ぎ、あっと言う間に最高学年になっていた。

　彼が通うこの南総《なんそう》高校は、房総《ぼうそう》半島のほぼ中央に位置し、古くから地元の名士を輩《はい》出《しゅつ》してきた県立の名門校だった。しかし、近年の少子化の影響と新興《しんこう》の私立高の台頭で難易度は年々低下傾向にあり、進学実績も一時期ほどはパッとしない。それでも意地で年に二、三人は最難関大に入る生徒を出してはいるが、下の方には学力が足りずに進学を諦《あきら》めてしまう生徒もいる。要は生徒の質がピンからキリまで幅の広い学校だった。

その中で、彼こと飯島靖貴《いいじまやすき》はどちらかというとピン寄りではあったが、大まかに見れば並み程度の生徒だった。運動部にも属さず幸い時間はたくさんある。予習と復習さえしていれば、目立って悪い成績にもならなかった。

そして学力と同じように、「青春を謳歌《おうか》している生徒とそうでない生徒」の間にも見えない序列は存在する。――いや、ある程度は服装などで決められてしまう面もあるからその意味では見えているのか。

男だと、野球やサッカーなど、メジャーな運動部でレギュラーを張っているような者か、軽音部でバンドを組んでいるような人間が一番上で、次が普通の運動部、その下が上の連中とも喋れるような文化部の連中で、一番下がそれ以外の人間だ。一番上とかその次の奴らは、学校指定じゃないベストを着ていたり、ズボンを落として穿《は》いていたりするからパッと見でもすぐ判別が可能だ。

靖貴は指定された制服以外を着る意味も見いだせず、あくまで校則に従い着崩すようなこともしなかった。それと一年生のときに、同じ中学出身でアニメや特撮に詳しい克也《かつや》と同じクラスになり一緒に帰ったりしているうちに、なんとなく靖貴も克也と同じ「オタク」として見られるようになり、ついでに「最下層」のグループに入れられてしまった。

だけどそれはしょうがないし構わない。今さら見た目を変えようと足掻《あが》いたところで「高校デビュー」と陰口を叩かれるだけだし、平凡を絵に描いたような自分の両親だって結婚して子供まで儲《もう》けることができている。だから、華やかな恋愛模様も、汗と涙が滴る青春も、とりあえず今のところは自分とは関係がない。そのうち大人になればそれなりの幸せは自然に転がり込んでくるのだから、今は大それたことを望まずに何事もなく過ごせればいい、そう思っていた。

「やっさん。帰ろうぜ」

靖貴が顔を上げると、目の前に克也が立っていた。

克也は色白で背が小さく、不自然に赤い唇と洗っているはずなのにぺったりとした髪質を持ち、中学の頃から女子に「キモい」と罵《ののし》られていたようだ。だけど本人はそんな悪評もどこ吹く風でオタク趣味をやめることもせず、日々情報収集に忙しそうである。

靖貴としても克也が「あの回の演出は神だった」とか「DVDだとここが修正されている」などと熱っぽく語るのを聞いているのは、知識がなくてもそれなりに楽しかった。むしろ「打ち込めるものがあって羨《うらや》ましいな」と常に思っていた（ただ唯一《ゆいいつ》、まだ年齢に達していないのに18禁のゲームやら漫画をやらを大っぴらに所持するのは如何《いかが》なものかと思っていた)。

靖貴は荷物を急いでバッグに詰め、克也と並んで歩き出した。身長は靖貴の方が若《じゃっ》干《かん》高いが二人とも同じくらい。四捨五入してかろうじて一七〇cmになるかといったところだった。

昇降口で上履きからスニーカーに履き替えていると、克也が尋《たず》ねてきた。

「そういややっさん、夏合宿出る?」

「そうだなぁ。出るつもりではいるけど」

夏合宿、とは夏休みに入ってすぐに行われる集中授業のことだ。

南総高校では三年次の夏休み第一週に、三泊四日で山奥のトレーニングセンターにて勉強合宿が行われる。主要五教科を八時間、毎日みっちり教え込まれる。

一応合宿の参加は「希望者のみ」ではあるが、修学旅行を二年次に済ませてしまうこの高校では、三年生特有のイベントが他にないことから半数以上の生徒が参加する。

靖貴は正直「めんどくさい」と思っていたが、懇意にしている友達連中は全員参加を表明している。出なかったら今後周りの話題に合わせられなくなりそうで、それもまた嫌だった。こういうときは、周囲に合わせておいた方が無難だということも知っていた。

「しっかし三日三晩スマホもネットもできないって、ちょっとした拷問《ごうもん》だよなぁ。お気に入りスレのログとか、どうやってとっとこう？　やっぱ弟に頼むしかないかなー」

「それぐらい我慢しなさいよ」

靖貴が克也をそう宥《なだ》めていると、後ろから甲高《かんだか》い笑い声と共に女子生徒の集団が現れた。

彼女たちの姿が目に入った瞬間、靖貴は背筋を凍らせた。かしましくも華やかな女子グループ。その一番前にいるのは——

（北岡だ……）

北岡は靖貴と克也の存在を置物のように無視すると、隣の女子に声を掛けた。

「珠里《じゅり》、この前ピケのルームウェア買ったって言ってたじゃん。あれ、いくらくらいだった？」

「えーと、セールだったから上下でナナゴーぐらいだったかな」

「えー、いーなぁ。あたしも買おうかなぁ」

「やだよ。そしたら合宿でかぶるじゃん」

そんなおしゃべりと共に、騒がしい一団が嵐のように過ぎていく。

十分に彼女たちとの距離ができてから、克也が恐る恐る口を開いた。

「……あいつらも、合宿来るんだな」

「そうみたいだな……」

決して憎々しい思いが表に出ないようにそう答える。だけど心の中は穏やかではなかった。こちらも見ずに去ってくれて本当によかった。

北岡恵麻《えま》——入学当初に、自分の善意を踏みにじった女。ばっちりとした化粧、短いスカート。そのきらびやかな容姿は否《いや》でも応《おう》でも目につく。

派手な女子は嫌いではない。関わり合いにならなければ、見た目を楽しませてくれる分だけ役に立っている。そんな気さえする。だけど北岡だけは別だ。彼女のしている校則違反——ふわふわとした巻髪、不用意に光るピアス、ネックレス——それらが靖貴の目に入ると、あの苦い思いをした日のことが反射的にフラッシュバックする。

「……そういや、北岡ってなんで理系選択してんだろうな」

二年になって一旦クラスが離れてホッとした。しかし靖貴の高校では三年次に地理歴史を選択するか、数Ⅲを選択するかでクラス分けがなされている。

北岡のように派手な女子は大体地理歴史を選択した文系クラスに固まっていて、彼女も受験に数Ⅲを必要としている様子はない。それなのに何故か彼女は理工系を志望している靖貴などと同じく数Ⅲを選択したらしく、偶然にもまた一緒のクラスになってしまった。

気まずい思いで吐き捨てると、克也がそれを汲《く》んだ様子で言った。

「あ、あれじゃね？　『木村《きむら》くん』がいるから」

木村くん、とは北岡と一時期付き合っていたと噂される男子だ。背が高く今どきの髪型をしていて、去年の文化祭ではバンドを組んで自作の曲を歌っていた。数Ⅲ選択のクラスではあるが、自分らと同じ組ではなく隣の組だ。

最近では木村と北岡が二人でいるところを見ないが……。無駄な詮索《せんさく》は不要だ。彼らが別れようと付き合おうと、自分の知ったことではない。

「あ、そっか……」

靖貴は気の抜けた返事をすると、一旦眼鏡を外してフレームに付いた汗を拭《ぬぐ》った。

体育館からはバスケットボールのバウンドする音が、何かを追い立てるかのように重なって聞こえていた。


がらり、とふすまが開けられる。振り向くと隣のクラスの学級委員長が、Ｔシャツに短パンという出《い》で立ちで頭から湯気を出していた。

「おーい、Ｆ組。風呂の順番だぞ」

呼ばれて部屋でくつろいでいた面々が着替えを持って立ち上がった。

夏合宿もすでに三日目の夜を迎えていた。靖貴と同じ三年F組には三十名の男子生徒がいて、その約半数が合宿に参加し、靖貴と同じだだっぴろい和室で寝泊まりしていた。

正直その中には今まで喋ったことのない面子《メンツ》もいたが、テレビもない、ゲーム機器もスマホも没収の山奥の合宿所。そんな環境の三日三晩も一緒にいれば自然と連帯感というものが生まれてくるもので、声の大きい運動部の奴も、髪型が決まらないと毎朝嘆いているヤンキー系の奴も、気がつけばさほど苦手ではなくなっていた。

風呂に入ると、濡れた髪も乾かないうちに夕食の時間になった。今日のメニューはハヤシライス。ちなみに一日目はカレーで、二日目は牛丼だった。要はこの手の丼ものが一番文句の出にくいメニューだということだろう。

食堂の古ぼけた椅子に座りながらハヤシライスを口に運んでいると、靖貴の前にいたクラスメイトで元・剣道部の内田《うちだ》が声を潜《ひそ》めながら話しかけてきた。

「飯島はさ、今日の夜女子の部屋行く？」

はぁ？　と思わず聞き返しそうになった。

修学旅行や合宿など、宿泊をともなう課外授業では、基本的に部屋の移動は禁止されている。同じ男子の部屋であればまぁ多めに見てもらえるだろうが、女子の部屋は建物自体が分かれていて、渡り廊下には監視役の教師が一晩中張り付いている。

去年の修学旅行でも何人かの調子に乗った生徒が、女子の部屋を行き来しているのがバレて、廊下に正座させられた上に反省文まで書かされたという。

そう考えると、万が一捕まったときに億劫《おっくう》だし、そもそも、そんな危険を冒《おか》してまで会いたいような女子生徒もいない。

「いや、俺はいい。遠慮しとく」

「えー、恵麻ちゃんとか美優《みゆ》ちゃんに、『クラスの男子みんなで遊びに行く』って言ったのに」

靖貴は「うっ」と声を詰まらせた。そいつらが期待する「クラスの男子」に自分は入っていないだろう。愛想のいい内田は気づいていないのだろうか。

靖貴は言い逃れようと、数秒の間で脳を激しく回転させる。

「俺、ちょっと化学で分かんないとこあったからさ。どうしても今日のうちに復習しときたいんだわ」

もっともらしい理由を口にすると、内田は残念そうに首を傾《かし》げながらも、「ああ、分かった」とそれ以上食い下がることをしなかった。

内田に「復習する」といった手前、部屋でボーッとしているわけにもいかなかった靖貴は、夕飯の後教科書と問題集を手に、昼間は教室として使われている会議室へと向かった。

そこは消灯の九時半になるまで、自習室として解放されている。誰もいないかと思いきや半分ほどの席はすでに埋まっていて、顔を見ると成績上位に名を連ねている者が多く、やはりできる奴は心構えが違うのだな、と改めて思った。

化学の「酸と塩基」の問題をあらかた解き終わったところで、靖貴ははぁ、とため息をついた。

今頃――内田などは女子の部屋に侵入しているのだろうか。羨ましい気持ちが全くないと言えば嘘になるが、彼が挙げた二名の女子の姿を思い浮かべると、やはり尻込みをせざるを得なかった。

北岡恵麻と持田《もちだ》美優。クラスの中でも恵まれた容姿を持ち、それを強調するような化粧、明るい髪色で、ダサいと有名な南高の制服なんかちゃんと着ていたためしがない。常に膝上二十センチを露出した細い脚で、我が物のように校内を闊歩《かっぽ》する。

生徒間の身分にピラミッドがあって、男の頂点が運動部のレギュラーだとするならば、彼女たちは確実に女の中のトップに君臨しているだろう。その差は男の自分にもはっきりと感じられるもので、彼女たちはたとえ同じクラスであっても、まるで言葉でさえ異なる国の人のように遠い人種だ。話をしたこともなければ、ほとんど目を合わせたことすらない。たまたま同じ時期に同じ地方に生まれて同じ高校に入っただけで、あとは自分らと重なる要素など何一つ見つからなかった。むしろグラビアアイドルなどの方が、紙の中からでも自分たちに笑顔を見せてくれる分、身近なものだと感じられるほどだ。

「やーだ、こんな問題もわかんないの？　これって解《かい》の公式使えば簡単じゃん」

「え、マジ？　あ……盲点だったわ」

そんな声がしてふと顔を上げると、帰国子女の女子生徒が、同じクラスの男子と肩を並べながら談笑をしていた。部屋の行き来はできないが、自習室は男子女子問わず出入りが可能だ。おそらくこの二人は付き合っていて、「自習」と称して消灯時間ギリギリになるまで、束《つか》の間《ま》の逢瀬《おうせ》を楽しんでいるのだろう。

スクールカーストの「最下層」に位置し、恋愛ですら自由にできない靖貴にとって、その二人の仲睦《なかむつ》まじい様子は見ていて堪《こた》えるものだった。

（……もう十問解いたら、部屋に戻るか）

やる気を削《そ》がれた靖貴は再び深く息を吐く。

「せめて耳栓《みみせん》でも持ってくればよかったな」と後悔したけれど遅かった。


合宿所の階段を登ってF組の部屋へと戻る。

そこはひっそりと静まりかえっているだろうという予想に反して、扉を開けるなり賑やかな笑い声と、微かに啜《すす》り泣きのような音が靖貴の耳に飛び込んできた。

靴がバラバラに脱ぎ捨てられた入り口を過ぎ、ふすまをこっそりと開ける。

するとそこには、F組だけではなく他のクラスの生徒も入り乱れて、男子ばかりが二十人ほど集っていた。

「あ、おかえり飯ちゃん」

ふすまの付近に立ちつくした靖貴に、内田が声を掛ける。

「……これって、何やってんの？」

「あのね、亮《りょう》くんの失恋パーティー。さっき、あいつ美優ちゃんに告《コク》ってフラれたからさ」

内田は赤い顔をしながらヘラヘラと答えた。その息からは、アルコールのような匂いがした。

「ちょ……、お前らどっから……」

「いーじゃんいーじゃん。とりあえず飯ちゃんも座りなって」

そう言って靖貴を半ば強引に輪の中に引きずり込む。冷蔵庫の中から飲み物を渡され、また開いたスペースには誰かのリュックサックの中から取り出されたアルミ缶が詰められた。

おいおい、と靖貴は愕然《がくぜん》とした。思い返せばクラスメイトの中には夏場の三泊四日にしてはやけに荷物が多い者がいると思っていたが、密《ひそ》かにこんなものを持ち込んでいたらしい。そりゃ、リュックもボストンもパンパンになるよな、とその努力に感心するやら呆《あき》れるやらだった。

しかし昨日とおとといの晩は一応真面目に寝ていたのに。宴会を最終日に持ってくるあたり、さすがに勉強にがっつり差し障《さわ》ったらまずいとは思っているのかもしれない。

靖貴は端っこに座っていた克也の隣に腰を下ろすと、缶のプルトップを開けて集団の中心になっている人物に目を向けた。

「俺……、ずっと好きだったんだけど……。でも『ごめん』って……」

「まぁまぁ。亮くんも十分いい男だって。またいい子と出会うって！」

亮くん、と呼ばれた佐々木《ささき》亮は、テニス部に属していた色黒でお調子者の男だった。佐々木は持田美優への思いを涙ながらに語るが、正直教室の中でも二人が会話を交わしている姿など見たことがない。そんなに接点がないのによくそこまで思いつめることができるな、と靖貴は不思議に思った。

ぐるりと他を見回してみると、「亮くんの失恋パーティー」と銘打《めいう》ってはいるが、佐々木の話を聞いているのはその両隣の者ぐらいだった。あとは飲み物とスナック菓子に釣られてきただけなのか、思い思いに話し込んだり、カードゲームに興《きょう》じたりとてんでバラバラのことをしていた。

靖貴は克也と、隣のクラスの成績優秀な男子を交えた三人で「ぶっちゃけ、どこの大学に行きたいか」という『勉強合宿』らしい話をし出した。

「コスパ考えるとやっぱ地方の公立大学かな」ということで話がまとまりかけたとき、ガタイのいい男子が一際大きな声でぼやいた。

「つーかさ、飲み物もつまみもちょっと足んなくない？」

言われてみれば、先ほどまで山のように積まれていた菓子類が、明らかにその嵩《かさ》を減らしていた。靖貴はもう食べるのを止めようかと思っていたが、まだまだ足りない輩《やから》もいるのだろう。育ち盛りの高校生が二十人も集まれば、胃袋は底なしと言っても過言ではなかった。

「よぉーし、じゃ、亮くん抜きで、みんなでジャンケンね。いちばん最後まで勝てなかった人が、コンビニまでちょっくら買い出しってことで」

どこから抜け出すの？　え、一階の窓からじゃん？　などという声が聞こえる。その会話から察するに、こっそり夜中に抜け出していた者は多少いるようだ。

面倒なことになったな、と思ったが、要はどこかで勝てばいいだけの話だ。二十人もいれば、自分が負け続けるなんてことはないだろう。

内田は立ち上がると、固めた拳を天上に向かって振り上げた。

「それじゃいくよ、せーの！」

男達は声を合わせて斉唱した。

「最初はグー！」


「……っりがとーございましたー、またお越しくださいませー」

コンビニの店員の間延びした声が背中に聞こえる。両手一杯に荷物を抱えながら自動ドアを出ると、辺りの森林の濃い匂いがむわっと鼻先をくすぐった。

……予想に反して、ジャンケンで最後まで残ったのは靖貴だった。途中から参加しただけなのに運が悪い。コンビニはどこなんだと内田に尋ねると、「えっ、来る途中にバスで前通ったじゃん」と返された。

確かに山に入る前に一軒だけそれらしき店を見かけたが……、まさかそれかと確認すると、「あ、それそれ」とあっけらかんと内田は言った。

『やっさん、大丈夫？　一緒に行こうか？』

克也から申し出があったが、それは丁重《ていちょう》に断った。ずっと誰かと一緒にいたので、たまには一人で休憩する時間も欲しいと思っていたところだ。

結局靖貴は、一人外灯のない山中の県道を、のんびりと歩きながら下っていった。

コンビニで立ち読みと買い出しを済ませると、今度は上り坂になる。だいたい合宿所までは二km近くあろうか。この分だとせっかく冷えた飲み物もぬるくなりそうだ。

だけどあまり急ぐつもりもない。夜の静けさの中にときおり虫の音が聞こえてきて、昼間のうだるような暑さとは打ってかわった爽やかな風が肌に心地よかった。

道のりを三分の一ぐらいまで来たところで、腕がだんだんだるくなってきた。「やっぱり克也についてきてもらえばよかったかな」などと思ったとき、緩いカーブの先の歩道に、白っぽい影が浮かんでいた。

（なんだ、あれ……）

来るときはなかったはずだ。よくよく見てみるとそれは人間で、どこかをケガしているのか背中を丸めてうずくまっているようだった。

歩いているうちにだんだんその人に近づいてくる。「大丈夫ですか」と声を掛けようとして、靖貴は慌ててとり止めた。

ふんわりとウェーブの付いた明るい色の髪と細い背中。この髪型と雰囲気は見覚えがある。間違いない。

（北岡だ）

どうしよう、と靖貴は迷った。きっとまた助け船を出しても「なんでもない」と突っぱねられるだけだろう。同じ人間に二度も親切心を無下《むげ》にされたくはない。そう考えると、このまま見て見ぬふりをするのが得策だと思われた。

何気ない様子を装《よそお》って、白いTシャツを着てうずくまる北岡の横を通り過ぎる。

……が、一歩北岡の前を行ったとき、やっぱり少し気になって、後ろの方をちらりと振り返ってみた。

その瞬間、目が合ってしまった。

（うっ……）

北岡はすぐに視線を逸《そ》らした。だが、夜の闇の中に、一瞬だけ泣きそうな表情を見た気がする。

……このまま放っておくべきだろうか。だけどあの目は助けを求めていたのかもしれない。

　仕方ない。一言声を掛けるだけ。もしそれで邪険に扱われるようであれば、今度こそ置いていけばいいだろう。

　靖貴は北岡の元に戻ると、意を決して尋ねた。

「どうしたの」

　すると北岡は、普段とは全く異なる弱々しい声で俯《うつむ》いたまま答えた。

「サンダル、壊れちゃって……」

　アスファルトの地面には、北岡のものらしき華奢《きゃしゃ》なサンダルが転がっていた。足首でストラップを固定するタイプのようだが、縫製《ほうせい》が甘かったのかストラップは根元から千切れてしまっていた。そして彼女も買い出しを頼まれたのか、傍《かたわ》らにはコンビニのビニール袋が置いてあった。

　靖貴はふと裸足になった北岡の爪先に目を落とした。

（……うわ、ひどいな）

　よっぽど足に合わないものを履いていたのか、親指と小指の関節部分に赤い血豆ができていて、今にもつぶれそうなほどに腫《は》れ上がっていた。しかもそのサンダルはすぐ壊れてしまったようだし。せっかく無理して履いていただろうに、これじゃ割りに合わない。気の毒になった靖貴は、北岡の前にしゃがみ込んで顔を覗《のぞ》き込んだ。

「足痛くない？　歩ける？」

無言のままぶんぶんと首を振られる。

靖貴は「そうか」と呟《つぶや》くと、深い息を吐いて立ち上がった。

途端に北岡が焦《あせ》ったように口走った。

「お、おんぶとか、絶対やめてよね」

「は？」

おんぶなんてするつもりはない。そもそも、こんな上り坂でヒト一人を担《かつ》いだ上に荷物を持って長距離を歩くのは、山登りを嗜《たしな》む靖貴の体力でもちょっと厳しい。

靖貴は履いているスニーカーの靴紐を解くと、それを脱いで北岡の前にポンと投げた。

「これ、履きなよ」

え、と北岡が大きな目を見開いた。

「これならサイズも大きいし、まめにも当たらないでしょ……。イヤっていうならいいけど」

少し意地悪い調子でそう伝えると、北岡は返事をする代わりにすぐにスニーカーにその足を突っ込んだ。

コンバースのオールスター。ユニセックスなデザインだから、別に北岡が履いてもさほど違和感はない。自分は靴下も穿《は》いているし、合宿所に戻るまでぐらいなら、なんとかなる。

北岡はきつく靴紐を結んでよろよろと立ち上がると、足を少しひきずりながらも歩き出した。

「荷物も、貸して」

自分の荷物もすでにたくさんあるが、女子でしかもケガをしている人間に持たせっぱなしというのは忍びない。

北岡はまたも黙ったまま、手にしていたコンビニ袋をこちらに差し出してきた。

（感謝のない女だなぁ）

袋を受け取りながら靖貴は思った。素直に言うことを聞いてくるところはいいけれど、もうちょっと愛想よくしても損はしないいんじゃないか、と。

……と、いうことは、この女子は自分に「ありがとう」と言ったところで何も得はしないと思っているのだろうか。そこまでこの女は自分のことを下に見ているということか。

そんな自分の卑屈《ひくつ》な考えに嫌気《いやけ》が差した靖貴は、一回大きく息を吸い込むと、やはり彼女と同じように無言のまま山の中の県道を歩いた。

たまに大きな石ころを踏むと、さすがに靴下一枚だけではきつかった。

五分か十分か分からないが、とにかくしばらく経った頃、後ろを歩いているはずの北岡から突如大声で呼び止められた。

「ねーちょっと！」

「なに」

「歩くの速いってば！」

振り返ると北岡とはゆうに二十メートルほどの差ができていた。こちらは靴を貸して荷物も持ってやっているというのに、随分と高飛車《たかびしゃ》な態度だ。

だけど相手はケガ人だ。靖貴は立ち止まって北岡が追いつくのを待つと、先ほどよりも心持ち歩くスピードを落とした。

同じぐらいの速さで縦に並んで歩いていると、後ろの北岡は急にこちらに向かって話しかけてきた。

「ねぇねぇ。飯島って、内田とかのパシリにされてんの？」

パシリ……とは大概な言いぐさだ。彼女には自分が、そのような存在に見えているらしい。

「違うよ。ジャンケンで負けたから」

簡潔に事実を述べると、北岡は「ふーん」と頷《うなず》いたようだった。

「そうなんだ。うちもだよ」

「へぇ」

「美優とか珠里とかと喋ってたんだけど、肝試《きもだめ》しだーって言って、ジャンケンして、負けちゃってムリヤリ外に行かされた」

女子の間でもそんな無茶なことをするのか。……というか連絡手段も取り上げられているし、何かあったらどうしようかとは考えないのだろうか、この子の友達は。

北岡が今しがた名前を挙げた二人の顔を思い浮かべ、靖貴はふと口にした。

「あ、そういや……」

「なに？」

慌てて口を噤むが、北岡は「なになに？」と食い下がって譲《ゆず》らない。

いつの間にか隣に並んでいた北岡が、靖貴の顔を窺《うかが》いながらにやりと笑った。

「あ、もしかして佐々木君のこと？」

図星だ。先ほど宴会で、佐々木亮が持田美優にフラれたと盛大に嘆いていた。

一体どんなフリ方をしたんだ……と気になっていたのだが、北岡もやはりそのことは知っていたようだ（ちなみに北岡はウェーブヘアをしているが、対照的に持田の髪はサラサラのストレートだ。どちらかというと、男子の人気は持田の方が高い気がする）。

北岡は軽く肩を竦《すく》めると、そのくるくるとした髪を指に巻き付けながら言った。

「しょうがないよね。美優、今大学生と付き合ってるんだもん」

「えっ、そうなの？」

「うん。地元の先輩なんだって。……って、これって内緒だよ」

「じゃあなんで俺に言うんだよ」

「だって飯島口固そうじゃん」

あっさりとそう言い切られる。信用されているのは喜ぶべきことかも知れないが、別に自分に伝える必要のないことでは、といまいち腑《ふ》に落ちない。もしかしたら彼女は長い道のりで、話すことがなくて退屈をしているだけなのかもしれない。

そのうちに北岡は布団が固くて眠れない、とか指数／対数がさっぱり分からないとか、どうでもいいことを愚痴《ぐち》り始めた。靖貴もぽつぽつと返事をしていたが、しばらくして本気で疲れてきたのか、北岡の方もあまり喋らなくなってきた。

沈黙状態のまま歩き続けているうちに、ようやく合宿所の明かりが見えてきた。ほっと一息ついて裏口の方へ回ると、勝手口のところに見えていた人影が、大きくこちらに向かって手を振ってきた。

「あっ、恵麻！」

おかっぱ頭の小柄な女子が北岡の方へ一直線で走ってくる。同じクラスの安藤《あんどう》珠里ようだ。幸いなことに、彼女には黒っぽいTシャツを着ている靖貴のことは見えていないようだ。

安藤は北岡に飛びつくと、感極《かんきわ》まった声を上げた。

「もー、恵麻！　待ってたのに全然帰ってこないから、心配したよー！」

「ああ、ごめんごめん」

「ホントに、連絡しようにもできないじゃん！　どうしようかと思ったよ！」

北岡は安藤の小さな体を抱くと、ぽんぽん、と肩を叩いて宥めた。

あと五分遅かったら先生に相談してるところだった、……それは勘弁して、などというやりとりが少し離れた靖貴の耳にも入ってくる。

安藤は感動の再会（？）に夢中で、北岡が遅くなった理由も、彼女の靴が替わっていることに気づく様子も一向に見られない。安藤の声は泣きそうで、それだけで彼女がどれだけ北岡のことを案じていたのかが窺い知れた。

（仲がいいんだな）

ほほえましく思うと同時に、靖貴は我に返った。

……きっと、自分と一緒にいたことを友達に知られて、あれこれ詮索されるのを北岡は嫌がるだろう。スニーカーは後で返してもらえればいい。それにあまり自分が遅くなったら、今度は自分の仲間が「あいつ、何やってんだ？」と騒ぎ出すかもしれない。

靖貴は安藤から見えない位置に北岡の荷物をそっと置くと、何も言わずにその場を離れた。

背後からはまだ安藤の甲高い声が聞こえていて、「そんなに騒ぐと先生に見つかるぞ」と老婆《ろうば》心《しん》ながら思った。

出るときに使ったのと同じ、一階の腰高窓から建物の中に侵入する。

まずは両手にぶら下げていたビニール袋を窓の中に落とし、それから勢いを付けてジャンプし窓枠を乗り越える。

中に入ると、まずは泥だらけになった靴下を脱いでゴミ箱に捨てた。汚れもさることながら、アスファルトを長い距離歩いたせいで、もともと薄かった部分がすり切れて穴が開きそうになっていたからだ。

階段を登ってF組の部屋へと戻る。扉を開けてふすまの中に入ると、出る前までとは打って変わってまったりとした空気が流れていた。

靖貴は買ってきたものを部屋の中央あたりに置いて、部屋の隅でノートに何やら書き留めていた克也の方へと向かった。

「ただいま……」

克也は靖貴が近づくと、ノートを慌てて閉じてしまった。もしかしたら日記かなんかだったのかもしれない。

「やっさん、お帰り。遅かったじゃん」

「あ？　うん……、まぁ……」

ふと時計を見ると、ここを出てから小一時間ほど経っていた。その間に、他のクラスの者はだいたい自室に戻ってしまったらしく、残った人間も半分ぐらいは布団の上で高いびきを掻いていた。

せっかく買い出しに行ってきたのに、と思うと徒労感が募《つの》るが、「遅い！　何やってた？」と聞かれなくて済んだのはよかった。北岡と二人で帰ってきたことがバレたりでもしたら、あれこれうるさく言うやつも出てきそうだ。

靖貴は自分が買ってきた飲み物から二本選んで片方を克也に渡すと、二人で「乾杯」と小さく缶をぶつけ合った。

喉を鳴らして飲み込む。長い上り坂を歩いているうちにだいぶ喉が渇いていたのか、炭酸の弾ける液体は体の中に染み渡っていくようだった。

――いや、ただ自分は緊張していただけか……。

帰り道での光景が甦《よみがえ》る。

振り返ったときの情けない顔、おんぶはよせ、と勘違いしてどもった声、自分の顔を覗き込んで笑った目元。

「ありがとう」も言われなかったけれど、意外な一面が見られてちょっと楽しかった。きっと山を下りてしまったら二度と見ることのできない表情だから、今は少しその余《よ》韻《いん》に浸《ひた》っていよう。

靖貴は口元を微かにほころばせると、小声で克也に話しかけた。

「あのさ克也」

「なに？」

「確か、ビーサン持ってきてたよな。明日あれ貸してくんない？」

外履きのスニーカーとは別に、足癖の悪い克也は館内を歩き回る用にビーチサンダルを持ってきていた。そのことを思い出して頼み込む。

「別にいいけど……。なんで？」

克也が快く承諾《しょうだく》してくれたので、靖貴は内心ホッとしながら答えた。

「いや、さっき脇道で水たまりにはまっちゃってさ。靴、どろどろになっちゃって履けそうにないから」

「分かった。大変だったね」

（ああ、ホントに大変だったよ――）

自分の何も履いてない裸足の裏を見ながら思う。

靴下を突き破ってきた石ころに付けられた傷が、何かの徴《しるし》のように縦一文字に走っていた。


トイレに立ち寄ってからバスに乗ると、後方の席から美優が自分を見つけて「恵麻」と手を振った。

窓際は美優が座っていたので、自分は通路側に腰を下ろす。通路をはさんだ反対側には、やはり仲のいい珠里と心菜《ここな》が並んで座席に着いていた。

合宿の最終日である四日目は、五教科でなく三教科のみの授業が行われ、昼食を食べた後全員でバスに乗り、学校もしくは駅まで送られることになっていた。

名簿にある全員が乗り込んだことを担任が確認する。バスは低いエンジン音と共にゆっくりと動き出した。

ふと顔を上げると、少し離れた斜め前の席に眼鏡を掛けた男子が座っている。

そいつは組んだ脚を通路にはみ出させていて、その足の先に履いているのは靴ではなく安物のビーチサンダルだった。

——まさか昨日はあんなことになるとは思っていなかった。

恵麻は心地よい疲れの残った頭で昨夜のことを思い出した。

夕飯が終わった後、クラスの男子数名が合宿所の部屋に遊びに来た（その前の日に「遊びに行っていい？」と言われたので深く考えず「いいよ」と答えたら本気にされてしまった。本気で監視をかいくぐって来るとは思っていなかった）。

何やらお約束の告白タイムなんかもありつつ、数十分ほどでそいつらを追い払うと、今度は女子だけのおしゃべりを楽しんだ。

『それじゃ、今日も誰が買い出しにいくか決めますか』

話に一段落ついた頃、心菜がそう口にした。

誰が行くかは公平にジャンケンで決めたのだが、三日目の昨日は運悪く自分になってしまった。夜の闇も坂道も得意ではないが、一日目、二日目と他の子に行ってもらっただけに、自分だけ嫌だと言うわけにはいかなかった。

ようやくたどり着いた山のふもとのコンビニに、顔見知りの男子がいた。

『恵麻ちゃんも、買い出し？』

その口調に嫌な予感がした。その男とは二年生の頃委員会で一緒になったのだが、当時からじろじろとした不躾《ぶしつけ》な視線を感じていた。

恵麻が買い物を済ませると、案の定その男もついてきた。クラスで仲のいい珠里の中学の同級生だというのでつっぱねるわけにもいかず、歩きながら話しかけられるままに返事をしていた。

『恵麻ちゃん、それすっぴん？』

『え？』

『……すっごく、かわいいね』

いきなりなんの話題だ、と呆気にとられる。そして、返事をするよりも早く太い腕で抱きつかれた。

『イヤっ！』

唇が迫ってきたので咄嗟《とっさ》に顔を背《そむ》ける。力を振り絞って腕から逃げ出した恵麻は、沿道の雑木林の中に逃げ込んだ。

『おい、どこ行ったんだよ！』

道路の方から、豹変《ひょうへん》した口調でその男が怒鳴り散らす。木の陰で座りながら息をひそめているうちに、そのうちがさがさという音もしなくなった。諦めて帰ったようだ。

恵麻は体の震えが収まってから、よろよろと道の方へと戻った。

（もうサイアク——）

早く帰って眠りたい。こんなことになるなら多少気まずくなってもいいからジャンケンは阻止するべきだった。そんなことを思いながら再び歩き出す。と、そのとき足元から「ぶちっ」という軽い音が聞こえた。何かと思ってそちらを見ると、履いていたサンダルのストラップが本体からとれてしまっていた。

恵麻は情けなくなってその場にしゃがみ込んだ。なんてことだ。散々な目にあった上にせっかく買ったサンダルまで壊れるなんて。しかももともと長い距離を歩く予定なんてなかったから、ヒールのせいで足はまめだらけのボロボロだ。

もう一歩も歩きたくない。神様は意地悪だ。あのままあの男にされるがままになっていた方がよかったというのか？

誰か、誰か助けて——そう願っていたときにあいつは現れた。

『どうしたの』

顔を上げるとそこにいたのは同じクラスの飯島だった。

正直、話しかけられたときは「なんでこいつが」と思った。ひょろっとした眼鏡男で、クラスメイトだけれど影は薄いし喋ったこともない。一年の頃もクラスが一緒だったようだけれど「そうだっけ？」というぐらい全く記憶にない。オタクとつるんでるからこいつもきっとオタクなんだろう。自分を担ぐ力もなければ、ピンチのときに頭の回るタイプだとも思えなかった。

だけどそのときは藁《わら》にも縋《すが》りたい気持ちだった。涙ながらに窮状《きゆうじよう》を訴えると、飯島は大した躊躇《ためら》いもなく履いていたスニーカーを貸してくれたのだ。

歩いている間も飯島は予想していたとおり無口だった。だけど自分に色目を使わずに、ただ一緒にいてくれるということがこの上なく有り難かった。それに私服の飯島は初めて見たけれど、いつものイケてない詰め襟の制服姿とはまた印象が違って、Tシャツも短パンも意外に体に似合ったものを着ていて少し格好いいような気がした。

たまにスニーカーの内側にまめが当たるけれど、ヒール靴よりはずっと歩きやすい。靴紐をきつく締めてしまえば、サイズが大きいこともさほど気に掛からなかった。

合宿所に着くと、勝手口のところで珠里が待っていた。心配していたことを涙ながらに語る珠里を落ち着かせているうちに、飯島はいつの間にかいなくなってしまった。

「ありがとう」と言って靴を返そうと思っていたのに。だけどその後壊れたサンダルを履くわけにもいかなかったし、幸いなことに飯島はどこから借りてきたのかビーチサンダルで今日の午前の授業を受けていた。だから特に不便という不便もないだろう。それに皆の前で靴のやりとりをするのも面倒なことになりそうな気がして、もうしばらくはこのスニーカーを使わせてもらうことにした。

……見た目じゃ分からないけれど、スニーカーと自分の爪先には三㎝ぐらいたっぷり隙間が空いている。背はそんなに高くないくせに、案外足は大きいんだな、と恵麻は靴の中で自分の足指を遊ばせた。

「――恵麻、話聞いてる？」

美優に言われて、ハッと我に返る。

「え……？　あ、ごめん。なんの話だったっけ」

「だから、野沢《のざわ》先輩が友達連れて、今日の花火に来るって言ってるんだけど」

野沢先輩、とは美優と付き合っている年上の男性だ。美優は今しがた返却されたばかりのスマホの電源を入れて、メッセージを確認したらしい。

今日は少し離れた街で、規模の大きな花火大会が行われるのだ。おそらく美優とその彼氏は、自分に「友達」を紹介するつもりでいるのかもしれない。

「そうだね……」

少し考えるふりをする。もう一度足の指を動かすと、まだ治りきっていない血豆がズキズキと痛んだ。

「今日は、ちょっと疲れちゃったからやめておこっかな」

美優が明らかに不服そうに「えー」と口を尖《とが》らせた。だけど恵麻は、それを撤回《てっかい》しようとは思わなかった。

ありがとうの代わりに

合宿から帰ってくると、夏休みが本格的に始まった。つまり、これからが受験勉強の正念場になる。

靖貴は、午前中は予備校の授業を受け、午後は日が暮れるまで自習室で勉強するという日々を繰り返していた。家にいると余計なことを考えてしまうが、自習室にいれば周りの雰囲気もあって勉強せざるを得ないモチベーションに自分を持っていけるからだ。

八月になったばかりのその日も、靖貴は日中をほとんど予備校で過ごした後夕方に家へ帰った。その後、シャワーを浴びて少しくつろいでから、台所で米を研《と》ぎ始めた。

本音を言うと、受験生に毎日家事の手伝いをさせるのはどうかと思うところはあった。だけど「家のことをやらせないと、将来何もできない子になる」というのが親の教育方針であり、それは賛同できる意見だ。だから毎日の米磨ぎと洗濯物を畳むこと、それと週に一回の部屋の掃除を靖貴は欠かさず行っていた。

ざくざくと米を手のひらで摺《す》り合わせていたとき、玄関の方から「ピンポーン」と呼び出し音が鳴った。こんな夕方に、誰かがやって来たようだ。

居間にいたらしい母親が「はーい」と返事をする。がちゃりとドアが開く音の後、母親が「えっ」と戸惑ったように反応した。

（誰だろう？）

相手は声が小さく、なんと言っているのかはこちらまで届かない。まぁいい。母親は普通のオバサンだけれど詐欺《さぎ》や勧誘に引っ掛からない程度にはしっかりしている。もし相手がその手のものでも、のらりくらりとしているうちにそのうち諦めて退散してくれるだろう。そう思いながら研ぎ汁を替えた。

キュッと蛇口を閉めると、玄関の方からこんな言葉が聞こえてきた。

「やすたか……、あーあー、靖貴《やすき》のことね」

どうも相手が訪ねてきたのは自分だったらしい。思い当たる人物もいなかったが、彼は慌てて手に付いた米を洗い流した。

「靖貴ー、学校のお友達よ」

水を計っているうちに、母親がそう大声で自分を呼んだ。分かってる。うちは一軒家だけど大きくないし、そうまでしなくても聞こえる。

米と水を入れた釜を炊飯器にセットし、母親と入れ替わりに玄関へと向かう。

半開きになったドアの向こうにいた人物の顔を見たとき、彼は驚きのあまり心臓が口から出そうになってしまった。

「北岡……」

小声で名前を呼ぶと、北岡恵麻はにこりともせずに軽く会釈《えしゃく》をした。

北岡はラインの細いTシャツにデニムのショートパンツ、それにトングサンダルというカジュアル寄りの格好をしていた。この前の合宿のときもそうだったけれど、制服を着ていないと顔立ちと女らしい体つきのせいもあってか、だいぶ大人っぽく見える。

黙ったまま固まる靖貴に、北岡は決まり悪そうに顔を顰《しか》めた。いけない、ついジロジロと見てしまっていた。

「あの、これ」

北岡が俯いて、右手に持っていたエコバッグのような袋を靖貴にずいっと差し出した。

「あ、ああ」

受け取ると袋の中には彼女に貸したスニーカーが入っていた。見つめたままどう反応していいか分からないでいると、北岡は低い声で付け加える。

「ちゃんと、洗ってあるから安心して」

……それを心配したわけではない。というか、そのまま返してくれても全く構わなかったのだが。

「別にいつでもよかったのに。他にも靴あるし」

確か彼女の家は高校の近くだから隣の市内で、ここからだと電車で四駅も離れている。わざわざこんなもののため足を運んでくれたのか、と思い労《ねぎら》うと、北岡はますます怪訝そうに口を歪《ゆが》めた。

「でも、うちにあっても困るし」

自分の自惚《うぬぼ》れをガツンと否定された気分になる。彼女はあくまでも彼女自身の都合で返しに来たに過ぎないようだ。

それでも遠いところをわざわざやって来たことには変わりない。「気を遣《つか》わせて悪かったな」と嫌味《いやみ》にならないよう淡々《たんたん》と伝えると、北岡はもう一つの小さな紙袋を靖貴に突き出した。

「それと、これも」

どうやらこちらの紙袋も靖貴に持ってきたらしい。どこかの雑貨店の袋なのか、ロゴも素材も可愛らしかった。

「えっ、これ、俺に？」

北岡が無言で頷《うなず》く。中には市松《いちまつ》模様のクッキーがぎっしりと入っていた。焼きたてなのか、バターの香りがほんのりと漂ってくる。

「こういうのって、自分で作ると安いんだ。材料余ってたし、それで……」

言い訳のように早口で北岡が捲《まく》し立てる。「お礼だけど、そんなに大した物じゃない」と釘《くぎ》を刺されているかのようだ。

だけど女の子から手作りのお菓子をもらうなんて初めての経験だ。逆に余り物でこんなのを作れるのだと思うと、素直に感心してしまう。

「あ、いや。サンキュ」

短くそう答える。

内心ではかなり浮かれつつも平然を装っていると、北岡は一歩後ずさりながら、聞き取れないような小さな声で呟いた。

「……合宿のときは、ホントに助かった」

「ん……、まぁ、靴貸しただけだし」

ついぞ「ありがとう」という言葉は聞かれなかったが、気持ちはなんとなく伝わってきた。かわいいところもあるじゃないか、とにやけそうになってしまう。

それじゃ、と翻《ひるがえ》しかけた背中に、慌てて呼びかける。

「北岡」

「なに？」

外灯の下で彼女が髪を揺らして振り返る。きっと、いつもと北岡がちょっと違うから、自分も変な感じになるんだ。らしくない、と思いつつも口は勝手に言葉を紡《つむ》いだ。

「どうやってここまで来た？」

「え……、駅からイオンの方に行って、街道沿いに歩いて来たけど……」

「……もっと近道あるんだ。俺も駅の方に用事あるから、ちょっと待ってて」

暗くなってきているし万が一のことがあってはいけない。

だけどストレートに「送っていく」と言ったら断られるだろう。そう予測して伝えると、北岡は曖昧《あいまい》な顔をして頷いた。

財布と自転車の鍵を取りに行ってから靴を履き玄関を出る。律儀《りちぎ》にも北岡は、門の外で植木を見上げながら靖貴のことを待っていた。


日が暮れて群青《ぐんじょう》色に染められた住宅街の道を、自転車を押しながら駅へと向かう。

隣には華奢な女子が並んで歩いている。シャンプーか香水か分からないが、とにかく近くで嗅いだことのないような甘い香りが鼻を掠《かす》め、一秒毎にその存在を強く意識させられた。

しかし送るのに成功したはいいけれど何を喋っていいものか……。緊張と高揚《こうよう》感でいいネタの一つも頭に浮かばない。

そのうち、沈黙に耐えかねたのか、北岡の方から先に話しかけてきた。

「あのさ」

「なに？」

「眼鏡、買い換えたんだね」

「え？」

靖貴は戸惑った。眼鏡を新調したのは最近でも二年以上前だし、今使っているのも古くから愛用しているものだ。

なんでそんなこと言うんだろう、もしかして他の眼鏡男と間違えてんのかな、などと少し考えたが、自分でフレームに触ってみてようやく原因に思い当たった。

「あーそっか。学校だと違うの使ってるもんな」

「え、どういうこと？」

「家だといつもこれなんだ」

紺色のセルフレームの眼鏡。中学三年のときに壊れてしまった前の眼鏡の代わりとして買った物で、今では主に家用として使っている。

靖貴の言葉に、北岡はぽかんとしながら問いかけた。

「なんで学校でもそれ使わないの？」

あのコンビニからの帰り道同様、普段はつっけんどんな北岡だが、一対一だとさすがにそこまであからさまな態度をしない。そのことに気づいて、つい口も滑《なめ》らかになる。

「これ、ちょっと度が弱いんだよ。ダラダラするときはいいけど、授業中板書が見えないと困るし」

買った当時は中学校にも掛けて行っていたが、その後受験勉強や本の読み過ぎで視力を落としてしまい、高校に入るときに今現在通学時に使っているものをもう一つ作った。だから、高校からの知り合いにとって、こっちの眼鏡を掛けている姿は馴染《なじ》みがないようだ。

北岡は自分の横顔を軽く見上げ、不満げに言った。

「えー、そっちの方がずっといいのに」

「そう？」

「うん、いつものって、すごいオタク感丸出しだよ」

あまりにも率直《そっちょく》な物言いに、靖貴はがっくりと肩を落とした。確かに学校用の眼鏡は、見やすいようにレンズが大きく、視界に邪魔にならないよう細めのメタルフレームのものを使っている。わりとクラシックなデザインだがお陰でよく見えるので、自分としては気に入っているのだが……。

「誤解してるみたいだけど、俺、オタクじゃないんだけど」

「そうなの？」

「残念ながら。克也の話なんか聞いてても全然分かんないし」

『丸出し』と言うからには、彼女は自分の本質がオタクだと思っているということだ。その辺はきっちり否定しておかないと。自分にマニアックな濃ゆいトークを期待されても困る。

すると北岡は、何故か不思議そうに首を傾げた。

「じゃ、なんで斉藤《さいとう》くんと一緒にいるの？」

「なんでって……」

斉藤、というのが克也の名字だ。

しかし友達でいるのに理由がいるのだろうか。オタクはオタク同士でつるまないといけないという決まりがあるわけでもなかろうに。

よく分からないが、もし理由があるとするなら、これだろうという点を挙げる。

「そうだな……。あいつがいい奴だから？」

あいつは女子的には見た目がイマイチかもしれないが、知識は豊富で言ってること は面白い。しかも何を言っても怒らずにさらりと流してくれるし、自分が病気で休んだときには授業ノートを取ってお見舞いに来てくれた。友達として、百点満点どころか百二十点の奴だ。

靖貴の回答に、北岡は一瞬の間の後、くすくすと笑い出した。

「そっかー。いい奴なんだー」

何が可笑《おか》しいのかさっぱり分からないが、嫌味っぽさや小馬鹿にしてるニュアンスは感じられない。これで女子の間における克也の株が少しでも上がればいいが……、とは思うけれど、そこまで期待するのは無理だろう。

ひとしきり笑った後、北岡は「そういえば」と話題を変えた。

「名前、ヤスキって言うんだね。さっき間違えてお母さんにヤスタカ君いますかって聞いちゃった」

「ああ、よく間違えられる」

先ほど玄関でのやりとり（と言うか、母の声だけだったが）が聞こえていたので予想は付いていた。

初見ではほぼ必ず「ヤスタカ」と言われるし、北岡とは都合一年以上同じクラスだったが、間違ったままなのも仕方がない。それだけ彼女は自分に興味がないということだ。

「訓読みに音読みって変じゃない？」

「そんなこと言われても……、うちの親に言ってくれ。俺じゃどうしようもない」

歯に衣《きぬ》着せぬ一言に、やれやれと首を竦める。失礼なことを言われていると分かっていたが、彼女の飾らないしゃべりは聞いていて心地よかった。

「北岡は、なんだっけ」

知っているが一応尋ねる。

「恵麻だよ」

「……普通にいい名前だな」

即答された彼女の名前に、改めてそう思った。奇抜すぎる名前でもないし、古くさくもない。それに、おそらくだけど自分のように読み間違えられることも少ないだろう。

靖貴の褒《ほ》め言葉に、北岡は少し得意げに頷いた。

「うん。外国の女優さんからとったんだって」

外国の女優……というともしかして
「言っとくけど、『エマニエル夫人』じゃないからね」

考えを見透《みす》かされて黙り込む。確かに、あれは女優じゃなくて役柄の名前だ。

「まぁ、エマニエルでもちょっとはかすってるんだけど……。エマニュエル・ベアールっていうフランスの女優で、とにかく昔はかわいかったんだって」

かわいい、と言われても聞いたことがない。一体いくつぐらいの女優なのだろうか。

「ふーん……、知らないなぁ」

「だよね。『あー、知ってる』って言われたことない」

そう嘯《うそぶ》く北岡の横顔をちらりと覗き見る。

そんなことを言われると、彼女の中にも外国人の血が入っているようにも見えてきて、「人間って単純なんだな」と靖貴は思った。

駅が近づいてきて、赤信号の前で一旦立ち止まる。その間に北岡はポケットの中からスマートフォンを取り出すと、何やら文字を打ち始めた。

書いている内容までは（もちろん）見えないが、その指の動きの速さたるや、目が追いつかないほどであった。

「なに？」

一段落ついたらしい北岡がこちらを見上げる。凝視されていることに気づいていたらしい。

「いや。文章打つの速いなと思って」

正直に答えたとき、信号が青に変わった。

横断歩道を渡り終わると、北岡はスマホを再びポケットにしまいながら聞いてきた。

「そうだ、ここ来るとき一年ときもらった名簿見たんだけど、飯島んとこ家電の番号しか書いてなかったよね。携帯の方は？」

言われて靖貴は名簿の存在を思い出した。個人情報の保護うんぬんで学校として作ったものではないが、一年生だった頃、年度の初めに「各クラスの有志が個人的に募《つの》った」という建前で、住所、電話番号、出身中学などを回答するアンケートが配られた。

その後、全員分のアンケートが印刷された冊子を受け取った。靖貴はその必要性が感じられず年末の大掃除の際処分してしまったが、北岡はそこに載っていた住所を頼りに自分の家まで来たようだ。

北岡の質問に、靖貴は素っ気なく答える。

「俺、携帯とか持ってない」

「え、マジで？」

思ったとおりの反応だ。最近ではほとんどの高校生がスマートフォンなどの携帯端末を所持しているというから、驚かれるのも無理はない。

「なんで持たないの？　みんな持ってるよ？」

北岡が目を見開き、声のボリュームを大にして捲し立てる。よっぽど意外だったらしい。

靖貴ははぁ、とため息をついてから答えた。

「高校入るとき、親にスマホかパソコンかどっちか買ってやるって言われて、パソコン選んだから」

「でも持ち歩けないと不便じゃん。周りからも買えって言われない？」

「言われる。けどどうにかなるもんだよ」

基本的に家と学校、もしくは予備校を往復する毎日だし、取り急ぎ必要になるような用事もまずない。「待ち合わせのとき困る」と言う人もいるが、それは遅れなければいいだけの話だ。あと親には仲のいい友達の番号もすでに教えてあるから、何かあったらそこに連絡するよう伝えてある。だいたい、少し前の時代までなくても生活できたのだから、持たなかったからといって死んでしまうようなものではないのだ。

北岡は物珍しそうに靖貴の顔を覗き込んでから、「へぇ」と感心したような呆れたような息を漏らした。

「パソコンかぁ……。そんなに必要？　何やってるの？」

「何って……、プログラム組んだりとか、スマホじゃできないだろ」

「プログラム？　自分で書けるの？」

「まぁ……、簡単なやつなら」

中学生の頃、図書室でなんとなくＪａｖａ入門の本を手にとって、書いてあったことを学校のパソコンで試させてもらったら、それが意外に面白かった。だからパソコンかスマホかと聞かれた場合、靖貴はパソコン一択だった。

北岡は高い声でカラカラと笑ってから言った。

「やっぱオタクじゃん」

「……違うと思うけど」

「いや十分オタクだよ。うちらからしたら」

……そういうものなのだろうか。北岡はどうしても「飯島＝オタク」ということにしたいようだ。彼女のイメージするオタクと、自分のそれではどうも定義が異なっている気がする。

言わなければよかったのかも、と少し後悔したが、やってしまったことは仕方ない。諦めに近い気持ちで、自転車のハンドルを強く握った。

駅前のロータリーにさしかかる。もうそろそろ、北岡とはお別れだ。

「でもさ、スマホぐらい持てばいいのに。今なら家族割めっちゃ利くしさ」

まだその話題か……。自分が持ったところで彼女にはなんの影響もないはずなのに。

「もしかして携帯電話会社の回し者か？」と、多少げんなりした気持ちになった。

「そう言われると意地でも持ちたくなくなるんだよな。……まぁ、大学入ったらきっと買うけど」

「へー。頑固っていうか、あまのじゃくだね」

「なんとでも言いなよ。俺は北岡みたいに可愛くもないし人気もないから、今は必要ないの」

「え……」

北岡の声のトーンが急に変わる。自分は何かまずいことでも言ってしまったか。

「どした？」

気になって横を向いて彼女の顔を窺った。オレンジ色の外灯の下で、彼女は気まずそうに俯いて地面を睨《にら》んでいた。

「なんでもない」

あまりそのようには見えないが……。だけど触れられたくないのなら無理に聞かない方がいい。ちょうど駅にも着いて、これ以上会話をする必要もなくなった。

北岡が手にしていた鞄から財布を取り出して、改札の前で立ち止まった。

「じゃ、気をつけて帰ってな」

「うん。またね」

薄く笑って手を振る。栗色の髪、白い手足が遠くなる。改札をくぐってホームの階段へと消えていく彼女の後ろ姿は、帰宅ラッシュの人いきれの中で、そこだけ光っているかのように目を引いた。こちらのことは、一度も振り返ろうとしなかった。

……まるで嘘みたいな時間だった。自分と対極にいるクラスメイトの女子が、突如自分の家に現れ、旧来の友達のように親しげに会話をしながら去っていった。きっと次に学校で会っても、北岡はこんなことなどなかったかのようにまた振る舞うのだろう。それは分かっていたけれど、胸の内に芽生えたざわつきを、彼はしばらく止められそうになかった。

変わる季節

まだまだ厳しい残暑の中夏休みは終わり、靖貴は久々に制服に袖《そで》を通し学校の門をくぐった。

教室に入ると野球部だった奴の髪が中途半端に伸びていたりして、「ああ、こいつらは本当に引退してしまったんだな」と強く感じさせられた。

授業が始まりしばらく経っても、北岡恵麻はやはり相変わらずだった。クラスでは仲のいい女子、もしくはそのうちの誰かと付き合っている男を含むグループと懇意《こんい》にしていて、靖貴に話しかけるような素振《そぶ》りもなければ、合宿でのトラブルや靴を家に返しに来たことを周りに話している様子もない。もともと電車通学の靖貴と徒歩通学の北岡では、朝の登校時間も異なるから挨拶すら交わすようなことはなかった。ただ一つ、変わったことがあるとしたら——

「あれ、恵麻ちゃん髪型変えたの」

クラスの誰かに教科書を借りに来たらしい他学級の男子生徒が、偶然居合わせた北岡に話しかけた。北岡の髪型は休み明けから元の明るい色のウェーブヘアから、少し色の落ち着いたストレートになっていた。初日に登校するなり皆に「かわいい」「かわいい」と言われていたし、実は靖貴も初めて見たときは少しドキッとしてしまった。

男子生徒の言葉を、北岡は席に着いたまま「ああ」と適当に受け流そうとする。靖貴は少し離れたところで克也と話をしていたが、声が大きいのかその男の言葉はやけに耳に入ってきた。

「へー……、かわいいね。俺も、そっちの方が好みだな」

それを聞いた瞬間、何故か心の中に微かな苛《いら》つきを覚えた。北岡の様子を窺《うかが》うと、特に喜ぶでもなく手元のスマートフォンをぽちぽちといじっているだけだった。

なんだ、あの男の言い方が気に障ったのは自分だけではないのか、と妙に安心する。

すぐにチャイムが鳴って、その男は教室を出て行き、靖貴も席に戻った。

一番廊下側の真ん中にある北岡の席は、窓際にある靖貴の席からはとても遠い。彼女の新しいサラサラストレートの髪型は、きっと誰が見ても「かわいい」と思う類《たぐい》のもので、別に自分が他の人と特段に違う反応しているわけじゃないんだろうな、と靖貴は思った。

それから幾日もしないうちに「暑さ寒さも彼岸まで」という言葉には若干早いが、朝夕などは少し涼しい風が吹くようになってきた。

靖貴の在籍する予備校は千葉《ちば》駅の近くの商業地域の中にあり、夏期講習の後は週に二度ほど放課後にそこまで電車で通っていた（学校とは家を挟んで逆方向である。いずれも東房線という路線沿いにあり、千葉駅→自宅→高校の順に下っていく）。

克也も同じ曜日に付近の予備校に通っていて、終わった後は駅前のファストフード店で待ち合わせして地元まで帰るのが常になっていた。

予備校の講義が終わり、いつもの店でコーヒーを飲みながら、何度聞いても覚えられない古文の助動詞活用を復習していたときだった。

「やっさん」

名前を呼ばれて顔を上げると、克也がすぐ目の前に立っていた。

早速帰ろうと荷物をまとめ始める。席を立って店を出た瞬間、急に克也が立ち止まった。

何事かと振り返る。克也は難しい顔をして、小声でしゃべり出した。

「やっさん……、あのさ、俺実は今まで黙ってたんだけど……」

「なに？」

一体何があったのだろうか。そういえばつい数時間前も「ごめん、俺どうしても先行くわ」と言って、ホームルームが終わるや否《いな》や、飛ぶようにして教室から去って行ったが……。

「どうした？」と再び尋ねると、下を向いた克也の陰から、白いブラウスの制服を着た女の子が現れた。

「克也くん、その人が『やっさん？』」

呼ばれた克也が振り返る。克也が曖昧に頷くと、女の子は彼の隣に立って、こちらにぺこりと会釈をした。

「はじめまして。克也くんからお噂はかねがね伺《うかが》ってます」

そう言って克也の腕に軽く触れた。女の子は背が低くアニメ声で、素朴な赤い頬がりんごみたいな印象の子だった。

……二人がどういう関係なのかは聞かなくても分かる。むしろ克也とは毎日会っていながら、どうして今まで気がつかなかったのか、と軽くショックを受けた。

「いつから……」

「夏のイベントに出たとき。俺のブログにいつも来てくれてるみたいでさ。で、住んでるところも近かったから、そっから仲よくなって……」

というと、だいたい今から一ヶ月ぐらい前からか。「イベント」というのは詳しくは知らないが同人誌の即売会かなんかだろう。女の子が着ているのはこの辺の女子校の制服なので、やはり家もこの近くだと思われた。

女の子がにこにことしながら克也の顔を見上げる。克也もまんざらではなさそうな様子で彼女を見返す。今の自分は、二人にとって邪魔者以外の何者でもない。

「うん、じゃ。俺用事あるから先帰るわ」

空気を読んでそう口にすると、女の子が弾かれたようにこちらを見た。

「えっ……、あ、そうなんですか？　じゃぁ、今度いっしょにご飯でも食べましょうね！」

明らかな社交辞令だとはわかっていたが、彼女は悪い子ではなさそうだ。

片手を挙げて二人に手を振る。少ししてから振り返ると、彼らは靖貴のことなどすでに忘れたかのように手をつなぎ合っていた。

長いエスカレーターを登り改札を抜け、今度は階段を下りてようやく東房線のホームにたどり着く。しかし下りの電車は出たばかりで待つ人の影はまばらだった。次の電車は二十分後。こういう日は何をしてもツイてない。

はぁ、とため息をついて先ほどの光景を思い出す。仲睦まじげな克也とその彼女。きっと、お互いがお互いにベタ惚れなのだろう。

あいつはいい奴だから幸せになってほしいとは思う。だけどそう思う気持ちの一方で、靖貴はどこかやりきれないものを感じていた。

今まで自分に彼女ができないのは、クラスで女子が少ないし、周りにオタクと思われてるから、と自分自身に言い訳してきた。だけどオタクだろうがなんだろうが、積極的な奴はモテるのだ。現にガチガチのオタクである克也には彼女ができた。要は自分には魅力がないのだ。見た目も、中身も。

克也が受験生のくせにイベントに出たと聞いたときは驚いたものだが、しっかりやりたいことをやって楽しんだ上に、彼女までゲットしているとは。この夏を真面目に勉強だけに費《つい》やしてきた自分は一体なんだったのだろう、と空《むな》しくなってくる。

しかもそうまでして勉強していたはずなのに、今日配られた休み明けの校内模試の結果では、総合順位をいきなり二十位以上も落としていた。これからは運動部を引退した奴が追い上げてくるから、ますます油断はできない。そう思うと焦りの色は一層濃くなった。

もう一度大きくため息をついて、足元を睨む。下にTシャツを着ているとはいえ半袖のワイシャツでは寒くなってきて、「くしゅん」とくしゃみをした、そのときだった。

「いーいじまー！」

リュックを背負った背中をドンと押された。よろけて二、三歩つんのめり、ホームの端ぎりぎりのところで間一髪《かんいっぱつ》踏ん張った。

危ないじゃないか、と注意してやろうとすぐさま後ろを振り返る。するとそこに立っていた人の姿を見て、怒りは驚きに取って代わられた。

「どしたの？　すっごい暗い顔してたよ。大丈夫？」

北岡恵麻は少しも悪びれることなくそう言うと、靖貴の顔を見上げてにたにたと楽しげに笑った。転落しそうになったからか、鼓動はどきどきと速くなって一向に収まる気配を見せなかった。

「そうやって落ち込んでるとますますオタクっぽく見えるよ」

「え……」

「違うんならもっとシャキッとしなよー」

北岡は一度鞄を抱え直すと、そのまま立ち去ることなく靖貴の横に並んだ。手には予備校のテキストが入ったクリアケースを抱えている。どうやら彼女も予備校の帰りらしい。

なんの用だろう。他に乗車口はたくさんあるし、わざわざここから乗らなくてもいいだろうに。

訝《いぶか》る靖貴に、北岡はさらに話しかける。

「飯島、一人？　斉藤くんは？」

「……別にいつも一緒にいるわけじゃないんだけど」

とは言うものの、本来であれば今日も克也と帰る予定だった。だけど子供でもないのにセット扱いをされるのが癪《しゃく》で、つい憎まれ口っぽく返してしまう。

するとと北岡は、不可解そうに首を傾げながら聞いてきた。

「そうなの？　さっきペリエの前あたりで斉藤くんらしき人見かけたけど。友達なのに、一緒に帰らないの？」

……そこまでバレているなら仕方ない。靖貴は苦い思いと共に吐き出した。

「あいつ、彼女とデート中なんだ」

北岡が「えっ？」と声を上げる。

「マジで？　斉藤くん彼女いるの？」

その大仰《おおぎょう》な驚き方に、「あんな奴に彼女なんてできるはずない」と言った侮蔑《ぶべつ》のニュアンスが含まれているような気がして、内心ムッとしつつも答える。

「いるよ。稲女《いなじょ》の子……だったかな」

自分もつい先ほど知った事実を、さも以前から周知されていたことのように語る。

北岡は一瞬呆気にとられた後、くすくすと靖貴を見上げて笑い出した。

「へー……、じゃぁ飯島は、斉藤くんにフラれちゃったんだね」

「別に、フラれたとか、そんな……」

「強がんなくていーよー。斉藤くんのこと彼女に取られて寂《さび》しいんでしょ」

半分図星を突かれて、靖貴は返す言葉なく黙り込んだ。

そんな靖貴を見て、北岡はますます声高く腹を抱えて笑った。

車庫からやってきた電車がホームに滑《すべ》り込んできて、ドアが靖貴の目の前で開いた。

靖貴が十一人掛けのシートの端に座ると、当然のごとく北岡はその隣に腰を下ろした。始発だから車内は空《す》いていて他にも席はたくさんあるのに。どうやら自分が降りる駅まで一緒に帰るつもりらしい。

学校の奴に見られたらどうすんだ、と危惧《きぐ》したが、車両の中を見回してもとりあえず同じ制服を着た人間はいないようだった。

「飯島は、いつも水曜日に予備校通ってんの？」

「うん」

「水曜だけ？」

「……あと土曜も通ってるよ」

「どこ行ってんの？」

やたら質問してくるな、と思いつつも「陽進《ようしん》」と予備校の名前を答える。

「そっか。だから今まで見かけたことなかったんだね。今日は買い物があったから東口使ったけど、うちの塾西口でいつもは逆側から乗ってるから」

確かに北岡の姿を予備校の帰りに見たことはない。というか、彼女のような派手な女子が、真面目に予備校に通って勉強しているというのが（偏見だけれど）意外な気がした。

ドアが閉まり、電車がゆっくりと動き出す。窓の外を流れるネオン街を眺めながら、靖貴は北岡の話に適当に相づちを打った。

一つめの停車駅を過ぎたところで、北岡が「あっ」と小さく反応した。何かを思い出したらしい。

「ところで飯島、スマホ買う気になった？」

いきなり自宅まで来たときの話の続きを持ち出され、靖貴は面食らった。

学校での態度から、北岡はあのときのことをなかったことしたいのだとばかり思っていたが、特にそういうわけでもないようだ。

どういうつもりなのかはさっぱり分からないが、とりあえず話を合わせようと飄々《ひょうひょう》と答える。

「そんなに急に気は変わりません」

「えー、買いなよ。なんなら、分かんないこととかあたしがメッセでいろいろ教えるし」

随分と強引な誘い文句だ。どうせ買ったところで、実際には何も送ってこないくせに……。

なんでここまで自分を引っ張り込もうとするのだろう。彼はとうとう疑問を口にした。

「北岡……、家族に電話会社の人でもいるのか？」

「えっ？　うーん……と、お姉ちゃんがＳＢの関連会社勤めてるけど。でも関係ないよ」

やはりそうか、と彼は落胆混じりの息を吐いた。大方新規の契約次第で、ボーナスに響くとかそんな事情があるのだろう。

北岡は唖然として自分を見返している。そんな彼女の表情を見て、とりあえず話を変えようと目に付いたことを振ってみる。

「そういや髪型、夏休みの間に変えたんだな」

ムリヤリな方向転換だと思ったが、意外にも北岡はパッと顔を明るくした。

「あ、そうそう。気づいた？」

気づかないわけないだろ……。心の中でツッコミつつも、そこは敢《あ》えて流す。

「なんで変えたの？」

彼女は長いこと明るい色のカールヘアというスタイルを崩してなかったのに。何か理由があってのことかと尋ねると、北岡は少しはにかみながら、生まれ変わった焦《こ》げ茶の真っ直ぐな髪を触りながら答えた。

「いや……、ちょっと。モテを意識してみようと思って」

なんだそれは、と再び言ってやりたくなった。確かに今のおとなしめの髪型の方が男ウケはいいだろう。だけど今までだって「北岡はかわいい」と男子の間では有名だったというのに、これ以上モテて一体どうするんだろうか。欲張りな女だな、とモテたことのない靖貴は妬《ねた》ましく思った。

「この髪型、どうかなぁ？」

意見を求められ、靖貴は冷淡とも言える口調で返した。

「いいんじゃないの。周りみんなそう言うだろ」

とたんに北岡の表情が固くなる。

「ああ……、まぁね……」

そう呟くと、北岡はそれきりしばらく黙り込んでしまった。乗り換え駅に着き大勢の客がなだれ込んできてしばらく辺りは喧騒《けんそう》に包まれたが、電車が走り出す頃には再び二人の間には沈黙が訪れた。

この子は何を考えているんだろう、と北岡の横顔をそっと覗き込む。形よく流れる眉毛と、ぱっちりとした大きな瞳が目に入ったとき、ふと彼女に伝えようとしていたことを思い出した。

「あのさ」

なに、とこちらを振り向く。女の子らしく整っていながらどことなく物憂《ものう》げな顔立ちを正面から見て、やはりそうだな、と靖貴は確信した。

「この前、『エマニュエル・ベアール』、検索してみたよ」

「あ、ホントに？」

こくりと頷く。彼女の名前の由来となった女優。どれだけ美しいのだろうかと、あの後気になってすぐに調べてみた。

「どうだった？」

北岡が意外にも素直に食いついてきたので、靖貴は足元を見つめ、面影を思い出しながら答える。

「今もいいけど、やっぱ昔のはすごかったよ。天使役やってたときとか、びっくりするぐらいかわいかった。ハマり役だったんだろうな」

ベアールが主演をした映画の予告編が、ネットに転がっていたので少し観てみた。英語だったので内容はよく分からなかったが、顔の造りも存在感も、まさに人外と言って過言ではないレベルだった。

「ふーん」と気の抜けたような返事をした北岡に、ぼそりと一言だけ付け加える。

「やっぱなんか、北岡に似てるよな」

すると隣の北岡がビクッと肩を震わせたのが分かった。

「どうした？」

「……飯島って、そういうことサラッと言うよね」

そういうこと、とはどういうことだろう。全く見当がつかずに靖貴は頭を傾げた。

「天然とか、不思議ちゃんとかってよく言われない？」

顔を赤くして北岡が自分をなじる。だけどそんなことを言われても心当たりがさっぱりないので、靖貴は「別に」と短く答えるにとどめた。

土曜日の朝。いつもより遅く目覚めた恵麻は、顔を洗い昼食と兼用の遅い朝食を摂《と》った後、部屋着のままリビングのソファに腰掛けた。

テレビをつけると、リモコンを操《あやつ》ってハードディスクの中身を捜索した。確か洋画鑑賞を趣味とする姉が、大量に撮り溜めていた映画の中にあったはずだ。勉強をサボって観るなら、他の家族が出かけている今しかない。

「あ、あった」

目的のものが見つかった。再生して序盤が終わったところで、恵麻は思わず吹き出してしまった。

「何これ」

画面に流れているのは、エマニュエル・ベアール主演の「天使とデート」。彼女の代表作の一つだからタイトルは知っていたが、今までちゃんと観たことがなかった。それを、ようやく観てみようと思ったのは、この前予備校の帰りにクラスメイトの男子と喋っていて話題にのぼったからだ。

話の内容は、冴えない男と空から落っこちてきた天使のラブストーリーだ。その天使ってのが超絶美形のカワイ子ちゃんだったから、周りがメロメロになったり一儲けしようと企《たくら》む一味が現れたり、男の婚約者がヤキモチ焼きまくって騒動起こしたり……まぁそんな感じのいかにも八十年代っぽいドタバタコメディで、しみじみするような感動も人生変えるような深い含蓄《がんちく》も全くないんだけど、天使を演じるベアールの姿とか仕草とかがとにかくいちいちかわいくて、女の自分でも惚れ惚れするほどだった。

これに自分が似てるだなんて、言い過ぎじゃなかろうか。

飯島《いいじま》の言葉には「なんか」と前置きが付いていたけれど。それでもさすがに過剰だ。あいつ、ホントに目が悪いんだな。眼鏡の度、ちゃんと合ってるんだろうか。普段から他人の顔を識別できているのか、若干疑問に感じてくる。

しかも、「びっくりするぐらいかわいい」とか「天使がハマり役」だなんてさんざん褒めそやした後で――

思い出してまた恥ずかしくなってきたので、膝に乗っけていたクッションへ八つ当たりした。クッションビーズでできたバーバパパがへにょっと歪む。でもいくら拳《こぶし》を叩きつけてもずっと頬のあたりが熱い気がして、恵麻はおばけの胴体へと顔を埋めた。

「……なんなんだよ、バカ」

クラスメイトの地味男を思い浮かべて悪態をつく。普段は異性に全く興味なさそうなのに、どういう意図があってそんなことを口にしたんだろう。

あいつ、髪型変えたことには無関心だったくせに。『周りみんなそう言うだろ』ってたけど、聞きたいのはそういうことじゃなくて。今まで男ウケとかって意識したことなかった、「もしかしてストレートの方が飯島みたいなタイプはとっつきやすいのかな」って思ったから変えてみたのに。それでも、変わったことに気づいただけマシなんだろうか。よく分からない、あの手の人間の審美眼《しんびがん》は。

スマホの件だって、お姉ちゃんが勧めてることとか関係ないのに。単純にあれば便利だからに決まってるじゃん。なんでそういう発想が出てくるかなぁ。そんなに「持って持って」って言われるのがイヤだったのかな？

「ホンっと、変だよね……」

呟く声がビーズに吸い込まれていく。夏休みに自転車を押しながら言った「俺は北岡みたいにかわいくない」と今回の「ちょっと似てる」発言。あいつが「かわいい」と感じるものの中に自分はかろうじて入っているみたいだけど……にしてはやけに距離を置いてくるのが謎だ。少なくともこっちは、言われてかなり動揺した。自分ばかりドキッとさせられてあれこれ思い悩むのは、なんだかちょっと悔しい。

クッションに顔を押し付けたまま、ソファに転がって寝返りを打った。その拍子に、ポケットの中に入っていたスマホがゴトンと床に落ちた。

慌てて拾い上げて画面をなぞる。分からないことは大抵ネットで調べちゃうけど、きっと今自分が一番知りたいことは、どんなに検索しても出てこない。

……他の人みたいにフリック入力だけではつながれない。でも二人で話す方法なら、この前分かった。

あの場所だったら誰にも騒がれない。ちょっとした「デート」みたいなものかもしれない。

テレビ画面に目を戻すと、「天使とデート」は大団円を迎えようとしていた。男が死の淵《ふち》から生還し、天使は人間として生まれ変わり二人は結ばれた。笑っちゃうようなハッピーエンド。だいぶ荒唐無稽《こうとうむけい》な話だったけど、たまにはこんなのも悪くない
(……ような気がする)。

イケてる男子

克也にフラれた次の週の予備校帰りも、靖貴が一人寂しく千葉駅の東房線ホームで立っていると、北岡が現れた。

「ねー、どうでもいいけど朝から髪の毛超はねてるよ。鏡見ないの？」

言い訳を考えているうちに電車が到着し、結局一緒に地元まで帰った。

さらにその次の週も、改札をくぐったところで「飯島」と声を掛けられた。誰かと思ったら案の定北岡で、彼女についてこられるままに同じ電車に乗り、ぽつぽつと言葉を交わしながら共に帰宅の途に就《つ》いた。

（おかしい……）

「二度あることは三度ある」と言うけれど、これは本当に偶然なのだろうか。だいたい下り方面は本数が少ないとはいえ、今までは一度も帰りが一緒になったことがないというのに、ここ最近だけ急に、というのは妙な気がする。

いつの間にか衣替えとなった四週目。その日は予備校の講義がだいぶ長引いてしまい、いつもの電車のさらに一本後に乗れるどうかギリギリのところだった。

早足で改札を抜け、一段とばしで階段を駆け降りてホームへ急ぐ。だが階段の途中でゴォという音が無情にも耳に聞こえてきた。どうやら間一髪で間に合わなかったようだ。

仕方ない、と徒労にも似た気持ちで残りの階段を下る。すると階段裏のベンチに見覚えのある制服を着た女の子が座っていた。

さらさらの髪と、短いスカート。北岡だ。電車は今しがた出たばかりだけど、悠長《ゆうちょう》にスマホをいじっていて、乗り損ねたという様子でもない。もっとずっと前から、そこ《そこ》に座っていたような感じだ。

もしかして、と靖貴は気づく。彼女は自分を待っているのではないか。そんな気がしてそうとしか考えられなくて、靖貴は北岡の伏し目がちの横顔に思い切って話しかけた。

「北岡」

北岡がこちらを振り返る。自分が目に入ったと思われる瞬間、北岡の目元が少し細くなった気がした。

(あ……)

チクリと胸が痛くなる。その後、鼓動が速くなって、わけの分からない息苦しさに襲われた。

だけど向かいのホームのアナウンスに気を取られて目を離し、また北岡の方を見たら、彼女はいつもの仏頂面《ぶっちょうづら》に戻っていた。

（気のせいか……）

ちょっとだけ自分を見て笑ったみたいに見えたけれど、やっぱりただの見間違いだったようだ。

「……遅かったじゃん」

不満げにそう口にする。そのふてぶてしい声音《こわね》からは、こちらを慮《おもんぱか》るような響きは感じられない。それを聞いた途端に、靖貴の動悸《どうき》は嘘のように治まっていった。

「いや、ちょっと授業が長引いて……」

そう伝え終わらないうちに、北岡は「とりあえず座れば」と自身が座るベンチの荷物をはさんでもう一つ隣を指さし、またスマホをいじり始めた。

靖貴はベンチに腰を下ろすと、手元の液晶画面から目を離さない北岡の横顔を窺った。

……遅かった、というからにはやはり自分を待っていたのだろうか。でもそれにしては歓迎しているような態度でもないし、たまたまさっき行った電車が混んでいたから見送ったとか、電話していて乗るに乗れなかったとか、そういう可能性だってある。

この子の行動はよく分からない。考えるだけ無駄な気がする。

靖貴はため息をついて虚空《こくう》を見上げると、すぐに足元に視線を落として自分の履いているスニーカーの爪先を見た。

あの日北岡に貸したオールスターは、踵《かかと》がだいぶすり減ってきてそろそろその役目を終えようとしていた。


しばらくすると、下りの電車がやってきた。入り口付近に偶然二つ並んで空いたところがあり、靖貴と北岡はそこに座ることができた。だけど相変わらず会話はない。ホントになんのために一緒にいるのだろう。

北岡は隣に座っていても、今のようにスマートフォンで遊んでいることが多く、会話をするのは十分あったら二、三分がいいところだ。

きっと彼女は、予備校の帰りに一人で寂しかっただけに違いない。この手の女子はあまり単独で行動することを良しとしない。だから普段は話したことないクラスメイトの自分でも、いないよりはマシだった。たぶんそういう話だ。そう靖貴は結論づけた。

二つめの駅が過ぎた頃、北岡はようやく手にしていたものを鞄にしまって靖貴に話しかけてきた。

「そういえば、あさって球技大会だけど」

ああ、確かそんなのもあったな、と靖貴は思い出す。

靖貴の通う高校では、「勉学に差し支えないように」ということで、体育祭は五月に行われる。その代わりに「スポーツの秋」である十月には、球技大会が開催されることになっている。体育祭に比べ球技大会は下準備が少なくて済む、というのがその理由らしい。一応クラス対抗で行われるため、一部の生徒は非常に張り切っている様子だ。

学年毎に競技は異なっており、今年の三年生は男子がサッカー、女子がバレーボールだ。

「飯島ってAチーム、Bチームどっち」

「Bだよ」

靖貴のいる三年F組は男子が多いため、二つのチームが作られた。とりあえずどちらかは優勝を狙おうと運動が得意とされる者がAチームに集められたため、靖貴たちのBチームは残り者ばかりだった。

北岡が気怠《けだる》げに尋ねる。

「Bかぁ。やっぱ運動苦手？」

やっぱってなんだよ、と思いながらも淡々と答える。

「いや、そこまでってほどじゃ……。でも球技はダメだな」

中学のときは陸上部に所属していて、そこそこの成績を残していた。だから本当は見た目ほどは鈍《どん》くさくないのだけれど、別に自慢になることでもないので黙っておいた。

「女子は一チームしかないから。空いてる時間あったら応援来なよ」

「なんで」

靖貴の問いかけに、北岡はギョッとしたように目を見開いた。

「なんでって、クラスメイトだから当然でしょ。ていうか、飯島って女子と絡《から》まなさすぎだから」

「当然」などと都合のいい言葉で押しけられるとイラッとする。だったらお前らはBチームが試合やってるときに応援に来るつもりはあるのか、と聞きたくなってくる。

「って言うけどさ、女子だって、別に俺らに応援に来られても嬉しくねーだろ」

思わずそう口にしてしまった。元々仲のよくない女子の試合を見に行ったところで、勝っても負けても別にどうとも思わないし、女子の方だって自分たちの様な非イケメン集団に仲間ヅラをされるのは迷惑だろう。だったら自分たちは教室でおしゃべりをしている、ゲームでもして時間を潰していた方が双方《そうほう》得なはずだ。

するとなんか北岡はもともと不機嫌そうだった顔をさらに顰めて否定した。

「そんなことないよ。そっちが勝手に壁作ってるだけじゃん。うちらだって、仲よくできるんならしたいって思ってるよ」

「えっ、そうなの？」

「そうだよ。話したこともないのに、相手のことなんかわかるわけないよ。飯島なんか教室じゃ男子とつるんでばっかりで全然話しかけてこないし、もしかして女の子嫌いなの？　って思ってたよ。そんなんだから、女子の方も怖がってなんにもできないんだって」

　意外な正論に耳が痛くなった。確かにこの子には一年生の初めに邪険にされたけれど、裏を返せば苦手な理由はそれしかない。あれからもう二年以上も経っているし、その認識は改める時期に来ているのかな、という気もする。

　しかし女子は横の連携が強いし下手なことをするのもな……。未だに尻込みする靖貴の手の甲を、北岡はぴしゃりと叩きながら言った。

「とにかく、もっと飯島は女子と仲よくなりなよ。そのために、明後日は絶対に一回は見に来るんだよ！」

　手の甲がひりひりする。これ以上行為がエスカレートされても敵《かな》わないので、靖貴はとりあえず「分かった」と答えるしかなかった。

球技大会の日の天気は、高く澄んだ秋晴れだった。いわし雲が青空に点々と浮かび、吹く風はカラッとしていて過ごしやすい。まさに絶好のスポーツ日和《びより》と言っていいだろう。

グラウンドで全校生徒による開会式が行われた後、さっそく競技に参加する者、応援する者、教室で待機するものなどに分かれ、三々五々で散っていった。

靖貴たち三年F組Bチームは、開会式直後の第一試合にくじで当たってしまったため、そのままグラウンドに残りサッカーをすることになった。対戦相手はR組。学校内でも特に賢い者の集まる理数科の男子たちだ。

試合は時間の都合上、前後半戦なしの四十分一本勝負だ。予想に反して「残り物」のBチームでも善戦し、結果は二-一で僅差《きんさ》ながら勝っていた（でもR組にも運動の得意なものはそこそこいるはずで、もしかしたら相手は少し手を抜いていたのかもしれない。「勉強したいから」早く帰りたいとか、そんなんじゃないかと靖貴は勘ぐってしまった）。

「克也、俺ちょっとイレブン行ってくるわ」

試合が終わると靖貴はヘロヘロになりながら克也に言った。ほとんどボールにはタッチできなかったものの、ずっと走りっぱなしだったからジャージの下は汗だくだ。とりあえず冷たいものが欲しい、と学校近くのコンビニへ行くことに決めた。

克也は「はいよ」と手を挙げて靖貴を見送った。一人コンビニを目指して歩いていると、体育館の前を通ったときそちらの方から女子の歓声が聞こえた。たしか体育館では二年男子のバスケットボールと、三年女子のバレーボールが行われているはずだ。

靖貴はふと「うちのクラスの女子の試合はいつ頃だろうな」と思った。おととい予備校の帰り、北岡に「一回は絶対見に来い」と叱られた。別にあの言葉をそこまで気にしているわけではないけど、後で「約束を破った」と言われたりしても困る。

……買い物から戻って来たら、誰かを捜しているフリでもして体育館に顔を出してみようかな、と靖貴は気まぐれに思った。

学校の裏門から出てすぐのコンビニには、自分の他にも何人かジャージ姿の生徒がいた。一応登校中に校外へと出ることは禁止されているが、大っぴらに「よし」としないだけで教師もそれを黙認している節《ふし》がある。

冷蔵コーナーの前で「紙パック茶、五〇〇㎖七〇円と一〇〇〇㎖一一〇円、どちらにするべきか」で悩んでいると、すぐ隣のおにぎりが並べられたコーナーの前に三人組の男子がやって来た。

同じ緑色のジャージを着ているからうちの高校の三年生だろう。だけど名前は分からない。彼らは皆一様にワックスで固めた長い髪をしている上に身長も同程度で、靖貴は一瞬「三つ子……？」と思ってしまった。

「あ、メール」

「誰から？」

「まつりから。『早くも一回戦敗退しちゃった〜』だって」

三人組はケタケタと笑い声を上げた。おそらくその「まつり」というのがこのうちの一人の彼女なのだろう。敢えて聞き耳を立てなくても、距離が近いため自然と会話は耳に入ってしまう。

そのうち、三人のうちの一人の「たっくん」に彼女がいないという話になり出した。それを聞き流しながら、靖貴が「一〇〇〇㎖一一〇円を買って、余ったら克也に押しつけよう」と大きい方に手を伸ばし掛けたときだった。

「じゃぁたっくん、エマちゃんなんてどう？」

意外な一言に思わず動きが止まる。

……それはもしかして北岡のことだろうか。

そんな靖貴にはつゆほども気づかず、三人は話を続ける。

「ああ、あのF組の？」

「うん。あいつ今フリーらしいじゃん」

「そうねぇ。あの顔はかなり好み」

でしょ、と片方が得意げに言った。「今の髪型もいいよな」などと口にしているし、彼らが噂しているのは北岡本人で間違いない。

この三人が北岡とどれだけ親しいのか知らないが、あいつは目立つだけあってこういう話題にも上りやすいらしい。さすがだな、と靖貴が妙な感心をしていると、その彼女ナシの「たっくん」とやらが「えー」と不満げにこぼした。

「でも、あいつ木村のお古っしょ」

ぎくり、と背中が強《こわ》ばる。隣のクラスの、派手な顔立ちのイケメンの木村。今年度の始めぐらいまで北岡と一緒にいるところをよく見かけたが、やはりそのような関係だったのだろうか。

いたたまれなくて息が苦しくなる。何故自分がこんな思いをしなくてはならないのか分からないし、こんな下らない話なんか聞いていたくないのに、ともかく靖貴はその場所から一歩も動けなかった。

残りの二人が揶揄《やゆ》をするように口にする。

「えー、そんなの関係ないでしょ。かわいいし、意外に胸でけーし。ぶっちゃけお願いしたいもん」

「ホントたっくんって新品マニアだよな」

さっきからお古だの新品だの……。女の子はモノじゃない。友達同士の悪ノリで言っているのだとは分かっていたが、相手の人格をまるで無視したような発言に、じりじりと怒りが沸いてきた。

それにパッと見で同じ学年だと分かる人間がここにいるというのに、そういった下世話な話をやめないというのは如何なものかと思う。もし万が一、自分が彼らの言ったことを女子に言いふらしたりしたらどうするつもりなのだろうか。

だけど……、彼らには分かるのだ。靖貴が小心者で「やめろ」と食ってかかる勇気もなければ、もともと北岡など目立つグループの女子と懇意にできるような人間でもない、と。

ふがいなさに、ぎりと歯を噛みしめる。それでも靖貴にはどうしようもなかった。黙って聞かなかったフリをして、その場をやり過ごす術《すべ》しか今まで磨いてこなかった。いくら激しい葛藤《かっとう》を抱えていても、脇役人生の靖貴には事を荒立てる方法すら見つけられない。

「いや、一回だけならいいけどさ。彼女にするのはちょっと……」

「一回ならいいのかよ」

そう掛け合いをしながら三人が去っていく。残された靖貴は力なく紙パックのお茶を手にすると、会計を済ませフラフラとした足取りでコンビニを後にした。

体育館の前をまた過ぎる。だけど先ほど聞いた「木村のお古」という言葉が頭から離れずに、結局そこを素通りして教室へと向かった。

その後は次の試合まで、克也と二年の頃仲のよかった奴と、別の教室でだらだらと過ごした。一応Ａチームの試合は見に行ったりもしたが、特に危なげなく勝ち進んでいるようなので途中で帰ってきてしまった。

続く二回戦は早くも準々決勝で、これが午前中最後の試合になる。相手はＧ組Ａチーム、優勝候補の筆頭だ。

時間になりグラウンドへ集合する。配られたゼッケンを付けると、ストレッチをして体をほぐした。

「あいつらに勝てば、同組決勝とかあり得るかもなー」

そう暢気《のんき》な口調で言ったのはＡチームでゴールキーパーをつとめていた内田だ。合宿で同室になったお調子者の内田は、「クラスの仲間だから」と他の友達も連れてＢ

チームの試合にも応援に駆けつけてくれた。

頑張ってこいよ、と内田に背中を押されて整列する。向かいに並ぶG組Aチームの面々は、体格もよくいかにも機敏そうで、ずんぐりむっくりの奴が多い自チームとは明らかに一線を画《かく》していた。

その中で、端っこに並んだ靖貴の前に立っていたのは木村晋《しん》……北岡の元カレだ。木村は一六〇cm台後半の靖貴よりゆうに十cmは身長が高く、目も口も大柄で、鼻筋の通った派手な顔立ちだ。髪の毛は少々長めで毛先を跳ねるように遊ばせており、微妙な面構えのやつがやったら滑稽《こっけい》でしかないそれも、妙にワイルドでサマになっている。加えて手も足も長く、同じジャージを着ているはずなのに、やたらと物がよさそうに見えた。

ちら、と木村の顔を見上げる。目が合うと木村は不敵にも笑って返した。

(カッコいいな、くそ……)

同じ男といえど認めざるを得ない。中身はどのような人間か知らないが、とりあえず外見は学年随一といっていいほど整っている。先ほどの三人組なんか束になってかかっても、木村の存在感には適わないだろう。……無論、自分は比較にすらならないが。

ピーッと笛が鳴ってキックオフになる。中盤を任されていた靖貴はボールの行方を見ながら、鬱屈《うっくつ》を振り払うかのように広いグラウンドへと駆け出した。

試合は開始五分ほどであっさりとG組に先制され、その後も向こうに押されっぱなしで展開する。

それでもなんとか追加点だけは阻止していたが、このままでは敗色濃厚だ。

「がんばれー！」

「そこだ！　抜けろ！」

内田らの応援がこだまする。なんとか一点入れて追いつきたい。だけどゴールが果てしなく遠い。

試合時間も三十分を過ぎ、いよいよ残り時間が少なくなってきた。

と、そのとき——

（あっ！）

味方のゴール前で競り合っていたボールが、一人輪の外れにいた靖貴の前に落ちてきた。

パスを出そうにもちょうどいい位置に味方がいない。相手側のゴールを目指し、一人へタクソなドリブルを続ける。

「飯島！」

呼ばれて前方を向く。すると、味方の中でもサッカーが上手い方のクラスメイトが、ゴール前へ走り込んでいた。

あいつにつなげればいけるかもしれない。そう思い右足を蹴り出そうとした瞬間だった。

サッと風が過ぎるように視界が暗くなった。相手側の白いゼッケンに「10」の数字が躍《おど》っている。次に気づいたときには足元からはボールが消えていて、蹴り上げた脚は空を切った。

ボールを盗られた。いとも簡単に。急いで振り返ると、背番号「10」の木村はポーンと軽快な音を立てて相手側へと高いパスを繰り出していた。

呆気にとられる靖貴の耳に、「わぁっ！」という歓声が届いた。さきほど自分の元にあったボールは、今は遠くの白いネットに吸い込まれていた。追加点。つい数秒前まで「同点のチャンス」だと思っていたはずの状況は、嘘のように遠く消え去っていた。

結局試合は、二-〇で負けてしまった。もともと勝てるとは思っていなかったはずなのに、悔しくて悔しくて仕方がなかった。

何故だろう。一時期はいい線までいっていたから？　あともう少しのところでとんだ邪魔が入った。自分の渾身《こんしん》のパスをあっさりクリアしていった敵の選手を思い出す。

（木村……）

カッコいい上に爽やかで、その上運動もできるなんて反則だ。これといった取り柄《え》の一つもない自分とは雲泥《うんでい》の差だ。天は二物《にぶつ》を与えずなんて言うけど嘘じゃないか、と神さまを恨《うら》みたくなってくる。

だけど木村のことは以前から知っていたはずなのに、どうして今になってこんなに苛々してくるのだろうか。そんなにこの球技大会に意気込みを掛けていたわけでもないのに、と自分で自分がよく分からない。

とりあえず靖貴は頭を冷やそうと、グラウンドの外れにある水飲み場へと向かった。顔でも洗えばちょっとはすっきりして、気分も変わるかもしれない。

グラウンドではサッカーの他に、一年男子による野外バレーボールと、二年女子のソフトボールが行われていた。

野外バレーボールが行われている会場の横を通り過ぎる。靖貴の近くでは紫色のジャージを着た一年の女子二人組が、クラスメイトの男子へと声援を送っていた。純朴そうな二人ではあったが、「こいつらもどうせイケメンのことしか応援してないんだろ」と苦々しい気持ちになった。

そんなことを考えていたとき、ふと顔を上げると青空の中に白い点が光っているのを見つけた。

点はどんどんと大きくなってくる。ソフトボールだ。誰かが特大ファウルをやらかしたらしい。隣の女の子二人組は全くそのことに気づいていない。まずい、このままでは当たってしまう――

「危ない！」

その女の子たちを押し退《の》けた瞬間、ガツン！と後頭部に衝撃が走った。へなへなとその場にへたり込む。アホすぎる。女の子たちを助けようとして、自分で頭にボールを受けてしまった。

「大丈夫ですか⁉」

女の子に声を掛けられるが、脚に力が入らない。

靖貴の尋常《じんじょう》ではない様子を察したのか、人が続々と集まってくる。早く立ち上がってなんともないことを言ってやりたいが、頭はくらくらしてそのうちに地面に倒れ込んでしまった。するときゃあ、と一際黄色い声が周りから上がった。

「どうしよう救急車？」

「それよりも早く先生に連絡――」

そんなやりとりが聞こえるけれど、眼鏡がないから視界がよく分からない。ボールを受けた拍子に外れてしまったらしい。だけどそのうちに人混みの向こうから、自分と同じ緑色のジャージを着た男が現れたことには気がついた。

「君たちは、試合中でしょ。俺が保健室まで連れてくから」

その男は靖貴を抱え起こすと、「ほら掴まって」と言って背中に靖貴を負ぶって歩き出した。

「飯島くん、大丈夫？」

広い背中に掴まりながら、靖貴はぼんやりとする意識の中で思った。

（この声はもしかして――）

隣のクラスの木村じゃなかろうか、と。

「……もしもし、もしもし？」

体を揺すられて靖貴は目を覚ました。見覚えのない白いシーツに白い枕。呼んでいる相手の顔はよく分からないが、中年の女性っぽい。

起き上がるとその女性はゆっくりとした口調で靖貴に語りかけた。

「もうそろそろ保健室閉めるけど、具合はどう？」

……と、いうことはここは保健室のベッドで、女性は養護教諭なのだろうとすぐに理解した。

「はい、大丈夫です……」

答えながら靖貴は、自分が頭にファウルボールを受けて倒れたこと、隣のクラスの木村に背負われてここまで来たことを思い出した。そこで、おそらく軽い脳震盪《のうしんとう》だろうが大事をとって休むように言われ、ベッドに横になったのだった。

そのうちに自分はだいぶ深く眠り込んでしまったらしく、窓からは傾いた日が差し込んで来ていた。日頃の受験勉強での寝不足と、球技大会で走り回ったことが原因だろう。

教諭は安堵の息をつくと、「もし吐き気とかするようなら、一応週明けにでも病院に行ってらっしゃいね」と靖貴に言付けた。多分平気だろうな、とは思ったが「分かりました」と聞き分けよく頷いた。

靖貴は枕元に眼鏡を探したが、見あたらない。倒れたときに外れてしまったのだが、別に盗んでも価値のあるものではないはずだ。

ひょっとしたら誰かが拾って教室に届けてくれたかもしれない。靖貴は気を取り直してベッドから降り、ありがとうございました、と頭を下げてそのまま保健室を後にした。


ぼんやりする視界と勘を頼りに階段を登り、自分の教室へと向かう。

球技大会はとっくに終わってしまったらしく、校舎は全体的にがらんとしていて、部活動のかけ声と吹奏楽部の練習音だけが廊下に、教室に、響き渡っていた。

三年F組の教室へとたどり着くと、黒板には「やったぜ！　男子Aチーム優勝」と大きく書かれ、周りは思い思いの言葉や絵で埋められていた。

（そうか、勝ったのか……）

自分たちBチームを打ち負かしたG組は、とりあえず優勝できなかったらしい。もしかしたらクラスメイトが仇《かたき》を取ってくれたのかもしれない。卑《いや》しいとは分かっていたが、なんとなくホッとしてしまった。

窓際の自分の席へと歩み寄る。机の上に通学用に使っているリュックサックが載っていて、その上には紙切れがひらりと置いてあった。

『やっさん、体調大丈夫？　打ち上げ行ってくるけど何かあったら連絡してね！』

紙を鼻に付けるぐらいに近づけると、そんなことが書いてあるのが読めた。この字は克也の字だ。

太陽の角度からいって、今は午後四時ぐらいか。球技大会はだいたい二時過ぎには終わったはずだから、今から打ち上げに参加しても遅いかもしれない。

だけど眼鏡はどこに行ってしまったのだろうか。机の上を探るが全く手応えがない。

途方に暮れる靖貴の耳元に、聞き覚えのある声が掠めていった。

「いーじま」

聞こえた方を振り返る。教室の入り口付近にいる制服を着た女の子。長い髪を揺らしながらこちらに向かってくる。

ドキ、と胸が高鳴る。その女の子は靖貴の前に立つと、なんの前触れもなく彼の右手を取った。

かしゃりという小さな音と共に何かが手に押しつけられる。

「眼鏡……。晋から預かってきたよ」

慌てて手の中にあるものを耳に掛けると、北岡恵麻はまだ焦点の合わない視界の中でむっすりとしながらこちらを見ていてた。

（えっ……）

晋、とはやはり木村のことだろうか。固まる靖貴に、北岡は右手に持っていた白いビニール袋をどん、と靖貴の机の上に置いた。

「あと、これ。お昼ご飯食べ損ねたでしょ。あげる」

気を取り直して袋を手に取り、中を見ると紙パックのりんごジュースと菓子パンが二つ入っていた。

いらない、と断ってもパンが無駄になるだけだろう。ちょうど腹も減っていたし、素直に受け取ることにした。

「あ、ありがと。いくらだった？」

リュックの中の財布を探りながら尋ねると、北岡は低く答えた。

「……覚えてない」

「でも計算すれば分かるだろ。だいたい三〇〇円ぐらい？」

「いいから。……ていうか飯島には合宿の借りあるし。あげる」

……あのときの借りなんて、もうとっくにチャラになっていると思っていたのに。

逆にこちらが迷惑を掛けてしまった気分だ。

しかし無理を言って代金を押しつけたところで、ますます機嫌が悪くなるだけな気がする。それ以上押すこともできずに靖貴は黙り込んだ。

ジャージから制服に着替えようと思っていたが、この子の前ではそれもできない。とりあえず椅子に着いて買ってきてもらったパンにかじりつくと、北岡は立ち去ろうともせず靖貴の前の席に座り後ろを向いた。

何かしらの用があってここにいるんだとは思うが、彼女も肘を突いたまま何も言わない。向き合っている気まずさに、いたたまれずに靖貴は話しかけた。

「打ち上げは？　もう終わったの？」

「……途中だけど、抜けて来ちゃった」

「えっ、そうなの。ごめん」

「いや、すぐそこのアベリアーだったから。ちょうど進路相談室にも呼ばれてたし、別に」

ブスッとしたままそう告げられる。アベリアーとは、学校から歩いて十分ほどにある格安のファミレスだ。イベントや試験後には同じ学校の生徒で溢《あふ》れる場所で、たぶんあそこじゃないかと靖貴も思っていた。

ただ行って帰ってくるとなると時間もそれなりにかかる。進路相談室に呼ばれてた、とのことだが、自分に気を遣わせたくなくてそう言っているのか、それとも本当についでなのかはよく分からない。

ふと顔を上げると、黒板に書かれた「男子Aチーム優勝」の文字が目に入った。男子のもう一つのチームは順調だったようだが、女子の結果については特に触れられていない。

「そういや、女子のバレーボールってどうだった？」

尋ねると北岡は即答した。

「準決勝まで行ったけど、負けたよ」

「あー……、そうか」

残念だったな、と労いの言葉を掛けるよりも早く、北岡が付け加える。

「飯島が来なかったから」

じろり、と大きな目で睨まれる。だが、自分が見に行かなかったぐらいで女子の士気が下がったりするはずがない。

冗談だとは分かっていたが、約束を破ってしまったのは事実だ。

「……ホントごめん。行こうとは思ってたんだけど」

素直に謝ると、気が済んだのか北岡は眉間《みけん》の皺《しわ》を消して、ほんの少し穏やかな声で言った。

「仕方ないよね。ケガしてたんだもん」

仕方ない、と言えばそうだけれど、もうちょっと自分がボールに早く気が付けばしなくてもいいケガだった。

しかしあのときの自分は本当にかっこ悪かった。それに引き替え颯爽と現れて自分を背負っていったあの男は——

「……眼鏡は木村君が拾ってくれたんだ」

おそらく、おんぶしたときに落ちているのに気づいてポケットに入れてそのままだったとか、そんな感じだと推測できた。

感謝する気持ちの反面、苦々しい思いを堪えきれずに呟くと、北岡は靖貴のそんな変化など全く汲みもしない様子で平然と返した。

「うん。あいつも友達と同じとこに来てたみたいで。離れたとこにいたから最初全然気づかなかったんだけど、廊下で会って『これ、お前と同じクラスの奴のだから』って」

主語が大幅に略されている上に代名詞が何を指すかが分かりづらいが、要は「打ち上げで行ったファミレスに、木村くんも友達と偶然来ていて、席を外した際にばったり出会って眼鏡を渡された」ということだろう。

「晋」と別れたはずなのに未だに親しげな呼び方をしているのが引っ掛かる。もしかしてこの子はまだ木村に未練を持っていたりして……。

(ま、俺には関係ないけどな)

考えていたことを慌てて振り払い、がぶりと二個目のパンにかぶりつく。靖貴がおでこのあたりに視線を感じているうちに、北岡はふと思い出したように聞いてきた。

「飯島、ボールが頭に直撃したんだって？」

うん、と頷くと、前に座る女の子は急に楽しそうに笑い出した。

「ほんとウケる。晋は『自分から当たりに行ったみたいに見えた』って言ってたよ。なんで避けられないの？」

「いや、ちょうど女の子がいたから……」

靖貴の弁明に、それもまたあり得ないとでも言うように北岡は声を高くした。

「ホントに？　でもその子のことも一緒に避ければいいじゃん。マジで信じられないんだけど」

あんまりな言いぐさに、さすがの靖貴もムッとした。確かに自分でももう少し機敏に反応できたらよかったとは思うし、実際そのとおりだ。だけど一応は他の人を助けるためにしたことだし、関係のない人間からそんなにコケにされるような筋合いもない。

それにこの子はまるで木村が自分のことを小馬鹿にしているような言い方をしたが、きっと彼はそんなつもりではなく客観的に事実を述べただけだろう。背負われながら少し言葉を交わしたのみだけれど、木村がそんなに下衆《げす》な性格ではないことは伝わってきた。

つまり彼は優れた人間なのだ。外見だけでなく、中身も……。

「カッコいいよなー……、木村君は」

そんな彼を妬ましく思ってしまう己の小ささに辟易《へきえき》しながらそう呟く。すると北岡はやはり靖貴の内情には気づかない様子でごく軽く答えた。

「え？　まぁそうだね。見た目はいいかもね」

……その快活さが逆に疎《うと》ましい。一度関係を拗《こじ》らせたからにはそれなりに嫌な面も見ているはずなのに、それでもなお彼のことを褒めずにいられないというのはどうにも釈然としない。

彼女は今、どういう心境なのか。全く見当も付かずに、靖貴はとうとう声に出して尋ねた。

「あのさぁ、北岡」

「なに？」

「なんで木村君と別れたの？」

靖貴の質問に、北岡は目を円《まる》くして答えた。

「は？」

その反応に靖貴が戸惑っていると、彼女は思いっきり眉を顰《ひそ》めて吐き捨てた。

「別れるも何も、最初っから付き合ってないんだけど」

「えっ？」

思わず変な声を出してしまった。北岡の衝撃発言に、靖貴は混乱を隠せずに問い返した。

「そうなの？」

「そうだよ。どこに付き合ってたって証拠があんの？」

「だって、今年の最初の方とかいっつも一緒にいたし……」

「一緒にいるからって別に付き合ってるってことになんないし。あーもう、これだからオタクは困るよね」

「いやでも……」

二年の終わり頃から三年の中間テストが終わるぐらいまで、休み時間や下校のときなど、二人で何やら親しげに話している様子を校内で幾度も見かけた。

だからてっきりあの二人はデキているものだとばかり思い込んでいたし、なにもこう思っているのは自分ばかりでなく、先ほどコンビニで見かけた三人組同様、彼らを知るものならば全員がそうだと信じていたのではないだろうか。

開いた口がふさがらないでいる靖貴に、北岡は面倒くさそうに言い訳する。

「あいつ……、晋のお母さんとうちのお母さん、高校の同級生ってか友達で、そんで小さい頃は近所に住んでたからよく家に遊びに行ったり来られたりしてたんだよ」

「それって、幼馴染《おさななじ》みってこと？　恋が芽生える王道パターンじゃん」

よく知らないが、克也が「ラノベやエロゲにおける幼馴染みキャラの重要性」について熱く語っていた。現実ではどうか分からないけれど、確かにあれだけ見目のよい男の子がそばにいたら、自然と恋心が芽生えたりしてもおかしくない（気がする）。

「だから……。そうじゃなくて！」

北岡がイライラと声を荒《あら》らげる。なにがそんなに彼女の気に障ったのだろうか。ぽかんとするしかない靖貴に、彼女ははぁ、と盛大に息を吐いてから呟いた。

「あいつが好きなのはあたしじゃなくてうちのお姉ちゃん」

えっ、と再び言いそうになる。慌てて口を噤《つぐ》んで北岡の出方を窺うと、彼女は堰《せき》を切ったかのように滔々《とうとう》と話し出した。

「小さい頃から『リサちゃん、リサちゃん』ってうちのお姉ちゃん大好きでさ……。今年になってその熱が再燃しちゃったらしくて、あたしに『リサちゃん最近どうしてる？』ってしつこくて。で、あいつも他の女の子が近寄ってくるのがめんどくさかったらしくて、『北岡と付き合ってるの？』って聞かれて否定しなかったみたいなんだよね」

「女の子が近寄ってくるのがめんどくさい」なんてなんとも贅沢《ぜいたく》な話だが、確かにあれだけカッコよければモテるのも頷ける。いちいち言い寄ってくる子を振るよりは彼女持ちということにしておいた方が面倒がないし、お互い傷つかなくて済むのかもしれない。

（でも……）

モヤモヤしたものを抱える靖貴をよそに、北岡は話し続ける。

「で、夏前にうちのお姉ちゃんのとこに突撃したみたいで、それ以来あいつも大人しくなってパタッと近寄ってこなくなったってわけ」

「それってつまり……」

「さあね。上手くやってんじゃない？」

ぶっきらぼうにそう締めくくる。そんなこともうどうでもいい。自分には関係ない、とでも言いたげだ。

あまりの予想外な展開に、靖貴はしばし事態が飲め込めなかった。北岡の姉。一体どんな女性なのか知らないが、あの木村にそこまで惚れられるとは並の女じゃない気がした。それでも、上手くやってるようならそこはまぁいい。

だけど今の話を聞く限り、一番割りを食ったのは妹である北岡ではないだろうか。木村は北岡をいいように利用しただけだし、その結果「木村のお古」などと陰でレッテルを貼られるようになってしまった。

それにそこまで振り回されておきながら、それを黙って受け容《い》れるほど北岡もお人《ひと》好《よ》しじゃないだろう。これはもしかして……と靖貴も鈍いなりに考えを働かせた。

「北岡は、どうなの？　木村君のこと好きじゃなかったの？」

好きだったから、「一緒にいられるならそれでいい」とか、「役に立ちたい」とかそういう気持ちがあったんじゃないか、と。もしそうだったとしたら、それじゃあんまり北岡が可哀想すぎる。

北岡は一瞬だけ「うーん」と考え込むような素振りを見せたが、しかしすぐに険《けわ》しく引きつった表情になった。

「……なんでそんなこと聞くの」

靖貴は返事を詰まらせた。北岡の本心を聞きたい理由は、言ってしまえばただの好奇心、それしかない。

つい調子に乗って変なことを聞いてしまった。自分はなんの関係もない部外者なのに。それなのにこの子の内側をあれこれ詮索《せんさく》するなんて、余計なお世話もいいところだ。

胡乱《うろん》な目つきを向けられ、ぎくりと背中を強ばらせる。北岡は顔を俯けると、震える声を絞り出した。

「……とにかく、あいつとは全然そういう関係じゃないし、あたしもそのつもりはなかったから。勝手に勘違いされるのとかって、すごい迷惑なんだけど」

「あ……、ごめん……」

小声で謝ると、まるでそれが全く耳に届いてないかのように無視をして、北岡は制服のポケットからスマホを取り出した。片手でそれを操作すると、書かれていた文字を見て彼女は呟いた。

「美優からだ。……もう行かないと」

「それじゃ」と言って急に立ち上がる。そして短いスカートを翻してすぐにその場を立ち去ろうとした。やってしまった。確実に彼女は怒っている。

しかし去り際にほんの少し見せた表情が、怒りよりも悲しんでいるような。なんとも言えない寂しげなものに見えて、靖貴は慌てて呼び止めた。

「あ、あのさ」

北岡が立ち止まる。引き留めてはみたものの、別に何か言い忘れたことがあるわけでもなかった。

だけど、そんな顔のまま行ってほしくないのだ。今は背中を向けているけど、できれば冗談でも揶揄《やゆ》でもいいからもう一度こっちを見て笑ってほしい。

「眼鏡とパン、ありがと。本当に助かった」

精一杯の感謝の気持ちを伝えると、北岡の肩がぴくりと震えた。

「あと試合見に行けなくてごめん。ホントは朝行くつもりだったんだ」

思いがけずテンションを下げるような三人組との出会いがあって、頓挫《とんざ》してしまったけれど。でもコンビニに行くまでは体育館に寄ってみようと思っていた。これは本当だ。

だからもしそれで自分への信頼を失っているなら、それは誤解だ。自分は、彼女との約束を忘れていたわけじゃない。むしろ彼女がどんな風にコートで活躍しているのか、結構見るのが楽しみだった。もしファウルボールの件さえなければ、克也やクラスの他の面々と、午後の試合ぐらいは行こうかと思っていた。

北岡がゆっくりと横を向いた。その表情は、心なしか疲れが滲《にじ》んでいるように見えた。

「あたま……」

小さな声が耳に届く。彼女が言ったのは「頭」だろうか。

靖貴が聞き返すよりも数瞬早く、北岡の方が言葉を続けた。

「気をつけなよ。みんな心配するから」

上擦《うわず》りながらそれだけ言うと、北岡は早足で教室を後にした。

残された靖貴はしばらく呆然と佇《たたず》む。気がつくと、オレンジ色の夕陽が窓から低く差し込み、自分や机の影が床に長く長く伸びていた。

共通項

「ちょーキケン？　何それ？」

そうじゃなくて「きょうちけん」な、とすかさず訂正するものの、隣に座る女の子は全くピンと来てない様子で「へー」といい加減な相づちを打った。

「郷地研……、郷土地理研究会のことなんだけど」

「えー、聞いたことないよ。そんな部活、ホントにうちの学校に存在するの？」

「するよ。現に俺は所属してたし」

入学したての頃に学年全体を体育館に集めて行われた「部活動紹介」でもちゃんと活動内容を報告していたはずだが……。この子の頭の中には全く残っていないようだ。

今は水曜の夜、予備校の帰り。ロングシートに腰掛ける彼の隣には、今週も学校でのクラスメイト・北岡恵麻が座っていて、なんとなく一緒に帰るのが自分たちの間で週に一度の恒例となっているようだった。

電車の混み具合はそこそこで、二駅ほど過ぎると立っている人も多くなってきた。

そして今日は珍しく、彼女の方も自分の話をよく聞いてくれている。もしかしていつもいじっているスマートフォンの充電が切れそうなのかもしれない。ともかく、目下《もっか》の話題は近々行われる学校の文化祭についてだった。

彼らの通う高校では、三年生は勉学優先ということで、クラスでの参加は希望するところのみとなっている。半分のクラスはやる気アリで参加するようだが、靖貴たちが所属するF組は残り半分の不参加組だ。

その代わり、靖貴は一学期まで所属していた「郷土地理研究会」の展示発表を手伝う予定だ。もともとゆるい部活で未だに集まりには顔を出しているし、その上現在の部員が十人足らずと少なく、どうしても人手が足りないらしいのだ。

そのことを北岡に伝えたところ、「はぁ？」と思いっきり訝しげな反応をされた後、冒頭の会話につながったというわけだ。

「……んで、そのキョーチケンでは何やるの？」

北岡の質問に、靖貴は淡々と回答する。

「郷土地理ってくらいだから……、あの辺の昔の歴史とか今の産業の移り変わりとかを取材して……。地元で有名な人にインタビューとかもしに行って、それでポスターとか作って展示するんだ」

「へー……。なんか地味だね」

「そう言うだろうと思ってたよ。一応『ちぃばぁ』来てもらうようにしてんだけどな」

「えっ？　マジ？」

途端に顔を綻《ほころ》ばせた北岡に、意外になって靖貴は尋ねた。

「知ってるの？」

「うん。あたし、あれ結構好きだよー」

「ちぃばぁ」とは県の歴史と伝統をアピールするために作られたキャラクターで、いわゆる「ゆるキャラ」の黄色いうさぎのおばあさんだ（ただ、人気も知名度も県の公式マスコットである「県のかたちをした赤いふしぎないきもの（犬じゃないよ）」に遠く及ばず、多くの県民にとっては「そんなのいたっけ？」という認識の不遇なキャラクターでもある）。

郷地研のOBには県立博物館に勤めるものがいて、その伝手で『ちぃばぁ』の着ぐるみを借りることができた。文化祭当日には、後輩数名が交代でその中に入って、郷地研のアピールをする予定だ。

北岡が「ちぃばぁ、カワイイよね」と言ってニコニコと笑う。自分が褒められたわけでもないのに、そのことが何故かとても照れくさかった。

「そういえば、北岡って何部だったっけ」

ふと思いついて尋ねると、彼女は少し機嫌を損ねたかのように声を低くした。

「え、別に入ってないけど」

「そうなの？　どっかの部活のマネージャーとか誘われたんじゃないの？」

一年生の入学当初より、見目のよい女子生徒は運動部の生徒から目を付けられ、先輩じきじきに「マネージャーにならないか」とお誘いを受けるようである。実際、一年の頃教室にスカウト役らしき上級生が来ていた。

「どうせならかわいい女の子が近くにいた方がやる気が出る」という気持ちは分かるが、なんともまぁ露骨なシステムだな、と部外者の靖貴は現場を見たとき苦笑してしまった。別に、顔でマネージメントをするわけでもないのに。それよりも、その競技にどれだけ興味があるかの方が重要なのではないだろうか、とも思ったものだ。

北岡は多少げんなりと顔を歪めながら答えた。

「……やろうって言われたけど、全部断っちゃった」

「なんで？」

「だって、誰かのお世話とかできる性格じゃないし」

あけすけな物言いに、思わず靖貴はプッと吹き出した。

「あーそっか」

確かに彼女は「頑張ってるみんなのために」と、朝早く起きて努力したり裏で支えたりするようなキャラじゃないだろう。それに感情がとても顔に出やすいし、そういった性質は上下関係の厳しい部活では要らないトラブルを引き起こしそうな気がする。

「あーそっかって何。超失礼」と、北岡がブスッとして呟く。靖貴が笑ってごまかそうとしたとき、右側から女の子の高い声がした。

「あれっ、恵麻？」

北岡が弾かれたように顔を上げる。すると、ボブカットをした制服姿の女の子が、電車の連結部の方から歩いてきて自分たちの前で立ち止まった。どうやら車両を移ってきたらしい。

「久美子《くみこ》……」

女の子を見上げて北岡が呟く。女の子が着ているのは難関として有名な私立高校の制服だった。そのせいもあってか、すっきりとした和風の顔立ちはやたらと知的な印象を受けた。紺色のハイソックスを穿いた細い脚には有名ブランドとコラボしたジャガーのスニーカーを合わせていて、その点に隠しきれない彼女の個性やこだわりらしきものを感じた。

久美子、と呼ばれたその女の子は、耳にしていた白いイヤホンを外してポケットに突っ込むと、北岡の方を向いてにやりと相好《そうごう》を崩した。

「久しぶりだね！　元気してた？」

しゃきしゃきとした快活なしゃべり方。屈託がないとはこういうことを言うんだろう。

北岡も釣られて笑顔になって返す。

「うん。そっちこそ相変わらずそうだね」

「まーね。でも補習・補習の連続で死にそうだよ。そっちは？　今予備校の帰り？」

「うん」

どうやらこの子と北岡は仲がいいらしい。久々に会ったのだから積もる話もあるだろう、と席を立って久美子に譲ると、久美子は「あっ、すみません」と笑って頭を下げ、遠慮せずに空いた場所へ腰を下ろした。

久美子の前に立ってつり革に掴まる。しばらくしたら「次で降りる人」を装って車両を変わってしまおうかと画策していたところ、北岡が「飯島」と声を掛けてきた。

「それ貸しなよ。持ってあげるから」

靖貴が持っていたクリアケースに手を伸ばしながらそう言う。こいつは……、せっかく人が友達の前だから他人のフリをしてやったというのに。なんてことしてくれるんだ、空気読めよ、とがっくりと徒労感に襲われた。

案の定久美子は驚いたように北岡と靖貴の顔を見比べると、「あっ……、えっ？」と戸惑いをたっぷり含んだ声音で言った。やはり久美子は、靖貴が北岡の連れだと気づいていなかったらしい。

「えーと……、こちらの方は？」

「飯島くん。高校で同じ組なんだ」

「ってことは……」

「クラスメイトだよ」

あっさりとそう答える。「どうも」と久美子に会釈している間に、クリアケースは半ば強引に奪われる形で北岡の膝の上に収まった。

すると久美子は気を取り直したように愛想のいい笑顔を浮かべ、「初めまして」とこちらに向かって挨拶をした。

「私は、磯貝《いそがい》久美子っていいます。磯の貝で『いそがい』。まんまですけど。恵麻とは、小中で一緒でした」

「はぁ」と曖昧に頷く。弁が立つのか、よく喋る子だ。家族と北岡以外の女の子にこんなに話し掛けられるなんていつ以来だろうと靖貴は少し考えてしまった。

呆気にとられる靖貴の、つり革を掴んでがら空きになっている右の脇あたりを久美子はじっと見ている。なんだろう、制服に汚れでもついてんのかな、と居心地の悪い思いでいる靖貴に、久美子は唐突に話しかけた。

「ねぇ、飯島くんって、スコショのファンなの？」

言い当てられてビクッと体を震わせる。

スコティッシュ・ショートヘア（略してスコショ）とは靖貴が今一番ハマって聞いている若手ロックバンドの名前だ。

しかしなんでわかったんだろう。この子は超能力でも使えるのだろうか。「ええ、はい」と若干引きながら答えると、久美子の顔が急に華やいだ。

「やっぱりー！　私も大好きなんだ！　そのキーホルダー、前のツアーのときの物販で売ってたやつだよね！」

リュックサックの右側にぶら下げられたキーホルダーを指さして久美子が甲高く笑う。やはりこの子は、エスパーでもなんでもなくただの目がいい女の子だったようだ。

「そう……です。ホントはTシャツが欲しかったんですけど、売り切れで」

心持ち後ろを振り返りつつ答える。去年ライブに行ったときに買ったツアーグッズのキーホルダー。なんとなく通学用のリュックにぶら下げてはみたものの、今まで誰からも反応されることがなかったので付けていたことすら忘れていた。

いいなー、もっとよく見せて、と言われて横を向く。興味津々でキーホルダーを手に取る久美子に、北岡は訝しげに聞いてきた。

「なんの話……？」

「スコショってバンド。知らない？『ちっぽけな勇気持て余し　僕は　君のことだけ救えなくて♪』ってやつ」

　久美子が代表曲の一部を口ずさんで見せる。しかし、北岡は全く腑に落ちない表情で
「聞いたことある……かな？」

と、首を傾げながら呟いた。

　無理もない。スコショは一部の「音楽好き」からの支持は強いけれど、一般的にはチャートに載るか載らないか、と言ったくらいのセールスしか記録していない。

（ちなみにバンド名はメンバーが好きな猫の品種二つを合体させたものだ。だがそんな可愛らしい名前の印象とは裏腹に、音は電子音をふんだんに取り入れながらも硬めのロックで、歌詞も内省的なものが非常に多い。ファンの間でも「ミムラ（ボーカル兼作詞担当）ノイローゼ説」がまことしやかに囁かれるほどだ）

　久美子は「ありがとう」と言ってキーホルダーを手放すと、またも靖貴を見上げて話し始めた。

「でもチケットは取れたんだね。羨ましい。私発売日に取ろうとしたんだけど、あれ主要都市は瞬殺で売り切れだったでしょ。よくゲットできたね」

「WEBで先行予約やってて……。適当に申し込んだら、抽選で当たっちゃったんですよね」

今思うと非常にアレはラッキーだった。ダメもとで応募したら、本当にたまたまチケットが当選した。スコショは熱心なファン数に比較していつもライブの会場が小さく、靖貴が行った日のチケットもオークションでは元の値段の三倍にまで跳ね上がっていたりもした。

久美子は爛々《らんらん》と目を輝かせながら喋り続ける。よほどスコショのファンが周りにいないらしい（気持ちは非常によく分かる）。

「ちなみに、どこの会場の行ったの？」

「Ｚｅｐｐの二日目です」

素直に答えると、久美子は「うそ⁉」と軽く叫ぶに近い声を上げた。

「それって最終日じゃん！　他の人のツアレポのセットリストとか見たけど、わたし的に神選曲だったよ⁉」

「ああ、アンコールで『純情Clumsy Boy』やってくれて、ちょっとアレは意外でしたね」

「そーなの！　私、あの曲一番好きなんだ」

靖貴が挙げた曲は、バンド初期の名曲で、もちろんファンからも人気が高い。しかしメンバーが若い時分に作った曲のため、非常に歌詞もメロディラインも青臭く、今では滅多に披露されることのない曲のうちの一つだ。

それを靖貴が行った日にサプライズで演奏されたものだから……。当然会場は大盛り上がりで、靖貴の隣で見ていたどこかの女性など、イントロを聴いた瞬間に泣き出す始末だった。

「ああ、聴きたかったな、ライブ版の純クラ……」

久美子が黒髪を揺らして大げさにため息をついた。そこで靖貴はあることを思い出した。

「あの日、CSのカメラ入ってて、放送したやつのDVD持ってますけど……」

靖貴が行った日のライブの模様は、後日CSの音楽チャンネルで一部始終とは言わないまでも、主要な曲を中心に編集して放送された。当然、目玉になった「純クラ」の模様もバッチリ収められている。

「え、ホントに？」

思ったとおりの食いつきを久美子が見せる。と、なると当然次に来るセリフは……

「貸して！」

「いいですよ」

「はぁ⁉」

靖貴がOKの返事をした途端に、何故か北岡が意外そうに反応した。靖貴たちの言っていることが理解できない、そんな顔だ。

そんな友達の様子には全く気づこうともせず、久美子は満面の笑みで喜んだ。

「ホントに⁉　超嬉しい！」

久美子は早速制服のポケットを探り、スマートフォンを取り出しながら言った。

「じゃ、連絡先……。ＬＩＮＥできる？」

「あー、俺携帯とか持ってないんで……」

率直にそう断ると、久美子は大して驚いた風でもなくごそごそと通学鞄を探り出した。

「そっか。でもネットはできるんだよね」

「ええ。できますよ」

「んじゃ、ちょっと待ってね」

手帳の端っこにメールアドレスを書き付けたものを、「はい」と言って靖貴に差し出した。

「分かりました。家のＰＣからメールします」

紙切れを定期入れの中にしまう。その一連のやりとりを、北岡は何か文句でも言いたそうに眺めていた。

（なんだよ……）

そんなに自分のような日陰者が大切な友達と仲よくなるのが許せないのだろうか。

怪訝に北岡を見る靖貴の視線に、ようやく久美子も北岡の様子の変化に気づいたらしく、「どしたの、恵麻」と、尋ねた。

「べっつにー……」

言葉とは裏腹に、北岡は明らかに面白くなさそうだ。確かにしばらく彼女には分からない話題で盛り上がってしまったが、別に仲間はずれにしようと思っていたわけではない。共通の趣味の人間が少ないと、その分出会ったときは話が弾んでしまうものなのだ。マイナー側の人間になったことのないだろう彼女には分からないだろうが……。

しかしそんな北岡の子供っぽい態度にも、付き合いの長い久美子は全く堪えていないようだ。爽やかな笑みを浮かべると、北岡を強引にこちら側に引き込む作戦に打って出た。

「恵麻も聞いてみる？　ＣＤ貸すよー」

「……考えとく」

「いいから聞いてみなよ。メンバーみんなそこそこイケてるし」

そうだろうか、と一瞬靖貴は首を捻った。草食系的な外見のスコショのメンバーは一部の文化系女子には「彼氏にしたい」と人気があるようだけれど、北岡のような外向的で派手な子からはどちらかというと敬遠されがちな人種な気がする。こういう女の子はもっと顔が濃くて、生命力も筋力もありそうな男子に惹かれるのではないか。

明後日なことを考えていると、急に久美子の視線がこちらへと投げかけられた。

「あ、そういえばギターの西《にし》くんって、ちょっと飯島くんみたいな雰囲気だよね」

いきなり話の矛先《ほこさき》を自分に向けられ、思わず肩を震わせた。

「そうでもないと思いますけど……」

一応否定はしてみたものの、実は自分でも「この人の顔、自分に似てるかも」とうすうす思っていたし、四つほど年の離れた姉にもそれを指摘されたことがある。だけど自分はギターが弾けるわけでもないし、顔の造りがちょっと共通しているだけで、音楽で成功している人物とは完全に似て否なるものだ。

気まずい思いで俯く。その間に女子二人の話題は、「ミュージシャンの中なら誰が好みか」ということにすり替わっていたので、靖貴は気づかれないようにホッと安堵の息を吐いた。


その週の日曜日、靖貴はさっそくライブの映像をハードディスクからＤＶＤに焼き直した。

久美子には「貸す」と言ってしまったが、そうなると貸すために会って返すためにまた会って、と二度手間になってしまう。だったら、もう一枚複製してそれを譲渡した方が早い。

出来上がったディスクにマジックで「ＳＳＨ」（Scottish Short Hairの頭文字を取った）と書き、ケースに入れる。

どこで渡したらいいかの相談をするため、久美子より渡されたメモ書きにあったアドレス宛てにメールを打ち込んだ。

「題名：飯島です。

本文：こんにちは。

　水曜日に電車の中で会った南総高校の飯島です。

　約束のスコショのＤＶＤ、ご用意できました。

　磯貝さんにお渡ししたいのですが、いつ頃がお暇でしょうか。

　また、都合の良い場所を教えていただけると幸いです。」

送る前に自分で読み返してみたが、特に下心も感じられない普通の文だ。

それじゃ、と送信ボタンをクリックする。

すると、やけに早く新規メールを知らせる「ピンポーン」という電子音が鳴った。

（あれ……、おかしいな）

受信箱をクリックして内容を見ると、新規メールの題名は「Returned mail:see transcript for details」。

……つまり、先ほど送信したメールのアドレスが間違っていたのだ。

次の日のホームルーム後の掃除の時間、一人暢気に廊下を長ほうきで掃いていた北岡を発見すると、靖貴は自分も廊下の窓を拭いているふりを装って小声で北岡に話しかけた。

「北岡」

「えっ、なに？」

驚いた声で北岡が反応する。なんでそんなにビックリするんだろうと思ったが、そういえば校内で彼女に話しかけるのは、あの資料集の一件以来初めてだった。

しかしそんなことは今はどうだっていい。靖貴はすぐに本題へと入った。

「久美子さんのメールアドレス、教えてくれない？」

途端に北岡の表情が引きつる。そんなことはお構いなしに、靖貴は早口で続けた。

「この前教えてもらったやつ、なんか間違ってたみたいで、何回送ってもエラーで返ってきちゃうんだ」

もしかしてスペルミスかもと思い、何度もメモを見直してメールを送ってみた。しかしその度に、「MAILER-DAEMON」からのメールが五秒後に届くという有様で、靖貴はどうしていいか途方に暮れていた。

北岡が長ほうきを持ったまま、ふてくされた声で唸る。

「えー……」

「だめ？」

「だって、個人情報だし」

それを言われたら仕方がない。ならば、と靖貴は代替案を口にする。

「じゃ、ＤＶＤ彼女に渡しておいてほしいんだけど」

その頼みに、北岡はますます仏頂面になって答えた。

「なんで？　自分でやんなよ」

何がこの子にとってそんなに気に入らないのか分からないが、自分もここで引き下がるわけにはいかない。ちら、と後ろを見て誰もこちらを見ていないことを確認してから反論に出る。

「だから、渡そうにも連絡がつかないんだって。またどっかで偶然会えるかもしれないけど、ずっと持ち歩いてるわけにもいかないだろ？」

自分でももっともな意見だと思った。だけど北岡はこちらに屈する気などさらさらないようで、「フン」とばかりに顎をしゃくると、軽く口元に笑みを浮かべながら言った。

「てゆーかさ、わざと間違ったアドレス教えられたんじゃん？」

「あのなぁ……」

そんなはずはないだろう。だいたい「貸して」と言ったのも向こうだし、そこにあるのはただファン同士親睦《しんぼく》を深めたいという純粋な気持ちだけだ。

やけに突っかかる北岡の態度に、靖貴はもしや、と勘づいた。

「もしかして北岡、ヤキモチ焼いてんの？」

「ば……っ！」

北岡が急に声を荒らげかけた。どうやら半分ぐらいは当たっていたらしい。

全くこの子は大人げない。はぁ、と靖貴は辟易しながら告げた。

「……大事な友達とられて寂しいのは分かるけど、あんまり意地悪いこと言うなよ」

言い返せないのか口元を歪ませてこちらを睨んでくる。

よし、もう一押しだ。この子は「自分に借りがある」と思っているようだし、ここで下手《したて》に出ればきっと行ける。

「久美子さんもＤＶＤ楽しみにしてるかもしれないだろ。だから、頼むよ」

北岡が何か言おうと口を開きかけた。その瞬間——

「恵麻？」

階段の方から持田美優が現れた。北岡は慌てて靖貴から距離を置くと、持田の方を振り返った。

「何やってんの？　掃除とっくに終わってるんじゃない？」

「あ……、すぐ行く！」

そう持田に告げてそちらへと駆けていく。まるで自分と話していたことを決して見られたくないかのような振る舞いだった。

まるで、というか確実にそうなのだろう。やはり校内で彼女に話しかけるのは地雷だ。靖貴はため息をつくと、北岡が残していったほうきとちりとりを持ってゴミを集め出した。

（ＤＶＤ……、どうしようかな）

当面の問題はそこだ。北岡と同じ小学校というからには、たぶん久美子もこの近辺に住んでいると思われるが……。

ちょっとストーカーっぽいが、朝早く駅で張って待ってるしかないかな。だんだんと下がってきた朝の気温を思い浮かべて、寒がりの靖貴は早くも身を強ばらせた。

その日の放課後は、郷地研の集まりに顔を出した。だいぶ日が傾いてきた頃解散となり、後輩たちと一緒に昇降口へと向かう。

上履きから下足のスニーカーに替えようと下駄箱を開けた瞬間、ひらりと紙切れが舞い落ちてきた。

なんだろう、とそれを拾い上げる。そこに書かれていたことを見て、靖貴は思わず苦笑してしまった。

「q35isogai@dokomo.ne.jp　これでちがったらしらない」

……自分が久美子から渡されたメモだと「q」が「9」に見えた。だから届かなかったんだろう。

しかし教えてくれるんなら最初から素直にそうすればいいのに……。

やっぱり北岡の考えていることはよく分からないな、靖貴はまたもそう思った。

北岡より久美子のアドレスを教えてもらった靖貴は、その日自室のPCで早速メールを送り直した。

すると、五分もしないうちに久美子から返信があった。

「題名：やったー☆

本文：ありがとう！　なかなかメールが来ないから忘れられてるのかと思ったよ（笑）

私は学校が遠い＆終わるのが遅いので、月～金はちょっと難しいかな。

とりあえず、今度の土曜はどう？　早く『純クラ』観たい～！」

今度の土曜日……は予備校以外に用事はない。午後の三時以降ならばいつでも会うことは可能だ。

そのことを書いて久美子へ返事を出すと、またもやすぐに反応があった。

「題名：合点ショーチ！

本文：土曜日ね。私もその日千葉駅の方に用事があるから、すごいちょうどいい感じだよ。

駅の近くに交番あったよね。ふくろうの形っぽいやつ。三時にそこの前で待ち合わせはどう？

わーい、初デートだ。何着てこっかな（笑）」

……この子は、友達である北岡とはまた全くタイプの違う人間のようだ。デート云々《うんぬん》は一分《いちぶ》の疑いもなく冗談だろうが、北岡だったらいくら金を積まれようとも自分相手にこんなことは言わないだろう。

「三時に交番前。分かりました。寒くない服装で来てください」とやや素っ気なく返信をする。自分には、彼女のジョークに上手くユーモアで切り返せるような技術はなかった。

その二日後の水曜日、予備校上がりに駅のホームでいつものように北岡を捜したが、彼女の姿は見あたらなかった。

「講義が長引いてるのかな」とホームのベンチに腰掛けて、「DUO」を聞きながら北岡を待った。電車を何本か見送った。

そうして一時間以上経ったところで、周りに高校生の姿がほとんどなくなってきて、その代わり酩酊《めいてい》した大人の姿が多く見受けられるようになってきた。

（……もう、来ないのかな）

お腹も空いてきたし体も冷えてきた。深まりつつある秋の夜の空気は、やがて来る凍える季節の予《よ》兆《ちょう》を孕んで、静かに靖貴を切なくさせた。

北岡は今頃何をやっているのだろうか。日中学校で見かけたときは別段変わった様子など見られなかった。今日は先に帰ってしまったのかもしれない。

だとしたら自分が待っているというのに薄情な奴だ、と思う。だけどそれと同時に、自分たちは約束していたわけでも誘い合わせていたわけでもなく、ただここ何週かなんとなく時間が同じだったから一緒に帰っていただけ、ということも知っていた。

北岡が自分の隣に座るのも、逆に自分が彼女に合わせていつも同じ乗車口を使うのも、各自が勝手にやっていたこと。それを急に止めたからといって、お互いなんの誹《そし》りを受けるものでもない。だからあいつのことは責められない。

電光掲示板の脇の時計が十時半を指し示す。それを見て靖貴は、ちょうど滑り込んできた下りの電車から降りてきた人々と、入れ違いになるように車両へと乗り込んだ。


そして週末の土曜日――

予備校が少し早く終わってしまったので、近くのコンビニで立ち読みなどをして、三時ぴったりに交番前に着くぐらいに時間調整をした。

靖貴が待ち合わせ場所である「ふくろうの交番」に顔を出しても、久美子はまだ来ていなかった。仕方なく靖貴は、往来《おうらい》を見ながら久美子を待つことにした。今は週末の日中だからか、デパートや駅前のモールへ買い物に来たらしき若い女性の姿が多いかもしれない。

その中で、濃い焦げ茶の色をしたストレートの髪の長い女の子がいると、自分の目が自然とその子を追っていることに気がついた。

何故だろう、と自問して愕然とした。あの女の子たちは似ているのだ。あの、いつもは無愛想極まりないくせに、たまにとんでもなく寂しそうな顔を自分に見せる不安定な彼女に——

「飯島くん？」

名前を呼ばれて急に我に返る。声のする方を振り向くと、ボブカットのほっそりした女の子がそこに立っていた。

久美子は顔の前で手を合わせると、首を傾げてはにかんだ。

「ごめんね、ちょっと遅くなった？」

「いや、今来たばっかりなんで……」

久美子はMA‐1タイプのジャケットに、柄の入ったタイツとショートパンツ、それに短い丈のヒールの高いブーツを合わせていて、顔には伊達《だて》なのか、大きめの黒ぶちの眼鏡を掛けていた。制服姿のときもうすうす感じていたが、この子は個性的なおしゃれが好きらしい。

そんな久美子は靖貴をまじまじと見ると、はぁ、と驚いたように息を漏らした。

「私服だとずいぶん印象変わるね。最初違う人かと思ったよ」

「……変ですか？」

思わずそう尋ねてしまった。今着ているジーンズ、パーカ、ラグランシャツの三点は、今年の正月に、都内の大学に通う姉とその友達に連れられて某おしゃれエリアの路面店で買ったものだ。

軽い気持ちで買い物についていったものの、試しに一つ着てみたが最後「これ着てみて」「次はこれ」「意外にいいじゃん」などと姉たちと店員が次々と服を持ってきて、何も買わずに引き下がるわけにはいかなかった。だが勢いで大枚を叩いて購入してしまったこれらの服は着心地もよく、他の服とも合わせやすいので重宝《ちょうほう》している。以来、少し着るものにも興味が出てきて、買う際は必ず試着をして体型に似合ったもの選ぶようにしている。

それと学校のない今日は、普段は家用にしているセルフレームの眼鏡を掛けている（夏休み、北岡に「そっちの方がいい」と言われた例のものだ）。予備校は学校よりずっと教室が小さいので、多少度が弱くても板書が見えなくなることはないから土曜日はいつもこっちを使っている。もしかしたらこれが「印象が変わる」ように見える一番の原因かもしれない。

だけど自分の様な者がしゃれっ気を出したところで滑稽《こっけい》に映るだけだろうか。不安に思う靖貴に、久美子は満面の笑みで返した。

「ううん、似合ってるしいいと思うよ。私は好き」

それを聞いて靖貴は少し安心した。久美子のような審美眼の高そうな子にそう言ってもらえるのは、たとえお世辞でも嬉しい。

「じゃ、約束の品です」

トートバッグからさっそくＤＶＤを取り出して言うと、久美子は「あっ！」と軽く声を上げてそれを受け取った。

「ありがとう……。いつ頃返せばいい？」

「いや、もう一枚持ってるんで。差し上げます」

そう告げると、久美子はＤＶＤの入ったディスクを宝物のように眺めて、俯きながら笑った。

「そっか……。じゃぁ、新しく焼いてくれたんだ。ごめんね。ホントにありがとう」

そこまで喜ばれるようなこともしていないのだが。にこにこと嬉しそうにしている久美子を見ていると、なんだかこっちまでむずがゆくなってくる。

もう用は済んだし帰っていいだろうか。「それじゃ」と靖貴が口にしかけたとき、それより少し早く久美子が後方を親指で指し示して言った。

「それじゃさ、お礼におごるから。ちょっと一服しない？」

……もしかしてそういう展開になるんじゃないかという予想は、珍しく見事に的中した。


久美子に誘われ、デパートの一階に入居するカフェへと入った。

あいにく店内は満席で座れず、仕方なく店外にせり出しているオープンカフェの席を選んだ。今日は陽も出ているし風が少ないから、そんなに長い時間でなければ外でも我慢できる（久美子は暖かそうなジャケットを着ているので問題ないだろう）。

丸テーブルの向かいに座る久美子はこちらを緊張させないためか、まずは「この前の続き」とばかりにスコショの話題を振ってきた。お互いのハマったきっかけから始まり、一番好きな曲、メンバーについての噂、凡作《ぼんさく》とされている最新のアルバムについてのダメ出しなど、ファンならではのトークが続いた。だが、久美子はハマり度がかなり深いらしく、少々言ってることがマニアックすぎて分からないことがあり、その度に靖貴は「そうなんですか」と曖昧な相づちを打つことしかできなかった。

一通り久美子がスコショについて語り終わると、しばらく沈黙が訪れた。そして彼女は「そういえばさ」と少し神妙な顔つきになると、ぬるくなったカフェモカを啜りながら言った。

「飯島くんと恵麻って、同じクラスなんだよね」

「はい」

「あの子、どう？　学校で浮いたりいじめられたりしてない？」

靖貴は軽く耳を疑った。北岡がいじめられる？　彼女はピラミッドの頂点の人間で、皆の注目や憧れの的《まと》だ。他人を無視することはあっても、それをされる側には絶対ならないだろう。

「いや、全然。むしろ大人気ですよ」

特に男に、と言いかけて止めた。それだと、なんだか自分が彼女の人気を妬んでいるようで格好がつかない。

久美子はほっと息をつくと、伊達眼鏡の奥でにんまりと目を細めた。

「そっか、よかった。私は違う学校行ったけど、ちょっと気になってたんだよね」

「気になるって……、北岡さんがですか？」

「……恵麻は、いい子なんだけど不器用っていうかさ、誤解されやすいところあるから」

そうだろうか、とまたも靖貴は疑問に思った。自分の目に映る北岡は、わがままで歯に衣着せぬ物言いをして、好きに振る舞っているように見える。しかも付き合う人間をかなりえり好みしているようだし、損になる人物を寄せ付けず、うまく立ち回っているようにしか感じられない。あれのどこが不器用だというのだろうか。

言葉を失う靖貴に、久美子は遠い目をして語った。

「ほら、ちょっと目立つタイプでしょ。だから、上の学年の先輩に目を付けられたり、人気のある男の子に勝手に惚れられて女の子たちから総スカンくらったりとか、いろいろあったんだよね。その頃、私は違うクラスだったから何もできなくてさ」

総スカン、というのもまた信じられない。あの合宿の日、なかなか帰ってこなかった北岡のことを、同じクラスの安藤は心から案じていた。だから少なくともあのグループの中では良好な関係を築いているはずだ。

だけどもしかして、それはその昔の苦い思い出があるから、なのだろうか。近寄ってくる男子よりも、女子の仲間の感情を最優先にして傷つけないよう、細心《さいしん》の注意を払い続けた。それが今の立場につながった、とか。久美子が嘘をついているようには見えないし、その可能性も十分ある。

と、そこで何かが靖貴の記憶に思い当たった。入学当初自分の親切心をけんもほろろにつっぱねられた。あれは、もしかして——

「でも、飯島くんみたいにしっかりした人がついていてくれてるんなら大丈夫だね」

久美子の言葉にはっと顔を上げる。目が合うと彼女は安心しきった表情を浮かべていて、いたたまれなくなって靖貴はまた目を逸らして俯いた。

「そんな……。俺なんか学校では北岡さんとは全然接点ないです」

「えっ、そうなの？　この前一緒に帰ってたのに？」

意外そうな声を上げる久美子に、苦い思いで靖貴は答えた。

「あれは、水曜の予備校の帰りのときだけ、たまたま時間が一緒になるから話し相手に選ばれただけです。学校では、一回か二回ぐらいしか話したことありません」

そうだ、あれはたまたまだった。その証拠に三日前の水曜日、彼女はいつもの場所に現れず自分は待ちぼうけを食らったけれど、次の日登校してきた彼女はそのことについてなんの弁明もしてこなかった。

「なんで？　クラスの仲が悪いの？」

「そうでもないんですけど……。でも彼女は、可愛くてオシャレな上の方のグループの人で、自分はそのずっと下の人間なんで。普段は、挨拶なんかもできないです」

「へー、そんな決まりがあるの？　うち、女子校だからよく分かんないんだけど」

そう久美子は口にするが、全く経験がないはずはないだろう、と思う。中学校でもある程度の規模の学校であれば、全員と平等に交われない分、そこになんらかの格差が生じるものだ。もしそれに本当に気づかなかったのだとしたら、彼女が上の方の人間で苦労をしたことがないか、飛び抜けて勉強ができたり芸術の才能があったりして階級から外れることができた、そのどっちかだ。

その暢気さが、羨ましくもあり、また妬ましくもあった。自分だって本物のカースト制度があるわけでもないのに、こんなの下らないとは分かっていたけれど、それでもそれを覆そうとしたり異を唱えたりするのは怖くてできなかった。集団同調による圧力というのは一旦火がつき出すと止まらない。その標的になりたくはなかった。

黙り込んだ靖貴に、久美子はふと表情を和《やわ》らげて顔を覗き込んできた。

「ところで、飯島くんって誰か付き合ってる人いるの？」

いきなり飛び出した唐突な話題に、思わず身を引いて首を振った。

「いや、俺なんか女の子と付き合うとか、そんなの無理です」

「え、なんで？」

「だって俺、見た目とか全然イケてないし、大した取り柄もないし。とにかく、全然モテないんで」

それでも、いつかは女の子と付き合って楽しい毎日を送ってみたいと思っていたが、少なくとも今のままでは無理なことだと分かっていた。

久美子がぽかんとして靖貴を見返す。そして「ああそっか」と小さく独り言《ひとご》ちると、小さく咳払《せきばら》いをしてからずいっと靖貴に詰め寄った。

「じゃあ別に、女の子が嫌いとかそういうわけじゃないんだね」

「え……？　まぁ……、はい……」

近づいた顔が更に近くなる。驚いて肩を震わせた靖貴に、久美子は声を潜《ひそ》めて呟いた。

「それじゃ、さ」

なんだろう、と息を呑む。次の瞬間、テーブルに置きっぱなしだった手をいきなり久美子に掴まれた。

「私が彼女になってあげよっか」

「えっ……」

信じられないような言葉に、どう反応していいか分からずに固まる。彼女なんて今までいたとこがないし、もちろん告白されるのだって生まれて初めてだ。

久美子の体温が手のひら越しに伝わり、それと同時に心拍数がどんどんと上がる。

嬉しくないわけじゃない。だけど、久美子のことはまだ出会ったばかりでよく知らない。もちろん、見知った限りでは性格も外見も申し分のない子だとは思うけど、だからこそ理解できない。彼女だったら別に自分でなくても、もっとふさわしいハイスペックな男子がいくらでもいると思う。もしかしてこれは何かの罰ゲームで言わされてるのかな、とかそんな気さえする。

それに……、もしもこのことを北岡が知ったらどう思うだろうか。メールアドレスを尋ねただけで臍《へそ》を曲げていたあの子のこと、本気で付き合ったりなんかしたら、もう二度と口を利いてもらえなくなりそうだ。

そのことを想像して、胸がぎゅっと苦しくなった。どうしてだろう。自分はさっき、「女の子と付き合ってみたい」と思ったばかりだ。だったら、これ以上のチャンスはない。北岡になんてどんな顔をされても放っておけばいい。そのはずなのに。

あいつのことはもともと「感じ悪い」と思っていたぐらいだし、今さら距離を置かれたところで元に戻るだけだ。それなのに、週に一度、たった三十分一緒にいるだけのあの子のことがなんでそこまで気になるのか――

戸惑い続ける靖貴の手をパッと手を離すと、久美子はフフッと柔らかく笑って見せた。

「冗談だよ」

「えっ？」

「そんな、本気にしないで」

だよな、と一人納得した。がっかりする気持ちもあったけれど、それよりも安堵する思いの方が大きかった。

「そう……、ですか」

呟く靖貴に、久美子は飄々と答えた。

「うん、私、ガチ百合《ゆり》だから」

ビクッと身を強ばらせる。そんな靖貴を見て、前に座る女の子は肘を突きながら苦笑いをした。

「……それも冗談だってば」

はぁ、と胸をなで下ろす。この子と話をするのは、北岡とは別の意味で心臓に悪い。真面目そうな顔して人をからかうのが好きらしい。もし相手が本気にしてしまったらどうするつもりなのだろうか。

いい様に弄《もてあそ》ばれてしまった靖貴が恥ずかしさとやりきれなさでしどろもどろになっていると、いつの間にか久美子の表情からはからかうような色が消えていた。

目が合うと、久美子は静かに語り出した。

「……さっきの反応、恵麻とぴったり一緒だ」

「さっきの……、ですか？」

なんのことか分からずに問い返すと、久美子が「うん」と頷いた。

「この前、偶然電車の中で会ったとき、先に飯島くん降りちゃったでしょ」

はい、と答える。だけどそのことがどんな話につながるのか見当もつかず、靖貴は相変わらず混乱したままだった。

「あの後恵麻に聞いたんだ。『飯島くん、彼女いるのかな』って」

「えっ……」

何を聞いているんだ、と愕然とした。まさか自分のことを二人が話題にしているなんて思っていなかった。

北岡にしたって、そんなこと尋ねられても困るだけだろうに――

「そしたらさ、『多分いない』って言うから。『じゃあ私なんてどうかな』ってちょっと聞いてみたのね。そしたらものすごく嫌そうな顔して『えっ……』って」

久美子が靖貴を見ながらニィッと笑った。まるで何かの合図のように。

……ということは、それが『自分と同じ反応』なのだろうか。でも自分は嫌がっていたわけではなくて、ただただ戸惑っていただけなのだけれど。

それに、北岡が自分と同じ気持ちだったとは考えられない。靖貴は俯きながら、ゆっくりと横を向いた。

「……それは、たぶん久美子さんのことを誰かに取られるのが嫌だからじゃ……」

たぶん、というか絶対そうだ。北岡は小さい頃からの友達である久美子を他に取られたくないだけ。他意はない。

自分で自分に言い聞かせるように呟いた靖貴に、久美子は異を唱えた。

「そうかな？　でも恵麻、中学のとき私とちょっと噂があった男の子とは、『早くくっついちゃいなよー』ってすごかったよ？」

「じゃあなんで……」

「なんでだと思うー?」

顔を覗き込みながら尋ねられる。「分かるでしょ」とでも言いたげな口ぶりだ。

靖貴は「友達の彼氏になられるのが嫌なくらい、俺のこと嫌ってんのかな」と一瞬思った。しかしそんなにマイナスの感情を抱いていたりしたら、予備校のときだけとはいえ、わざわざ一緒に帰ったりしないだろう。ネガティブ思考な靖貴だが、少し客観的に見ればさすがにこれはない、と分かる。

だとしたらもしかして、とずっと否定し続けてきた可能性にまたもやぶち当たる。でもこれはいくらなんでも自惚れすぎじゃなかろうか。北岡みたいに可愛らしい子が自分のことを気にかけているなんてあり得ない。もしあるとしても、彼女の中に存在するのは「せっかく見つけたおもちゃを取られたくない」という子供っぽい独占欲か、「自分に彼氏がいないのに飯島ごときに先を越されたくない」というプライドだろう。

何も言わずに膝元を睨み続ける靖貴の肩に、久美子の手がポンと触れた。

「さっき飯島くんは恵麻のことを、手の届かない、全然住む世界が違う人みたいに言ってたけどさ」

そこまでは言わなかったと思うが。でもそう考えていたことがあるのは事実だし、意図していたところは同じだ。

恐る恐る顔を上げると、目が合った久美子はまたもやいたずらっぽく目を細めた。

「案外二人とも似たもの同士なんじゃないかなって気がするよ、私は」

笑いかけられてドキッとする。それと同時に、ひょっとして心の中を見透かされてるんじゃないか、と軽く疑ってしまった。

見た目も趣味も何もかもが異なる北岡と自分。だけど喋っていると何故か心地よくて、彼女に聞いてみたいこと、知ってほしいことが次々と溢れ出してくる。あんなにわがままで生意気で、ずっと長いこと苦手だったはずなのに。もしかして根っこのところで気が合うのかな、とそんな感じがしてて、向こうもそう思っているかもなんて想像すると、わけも分からずちょっと嬉しかったりもした。

……彼女の友達なら分かるだろうか。どの辺が似ているのか、そしてあいつがたまにものすごく切なそうな顔をするのは何故なのか。

聞いてみたい気がしたけれど、久美子が手元の時計を見て「あっ、もう時間だ」と呟いたので、靖貴は言葉と共に気持ちを飲み込んだ。タイムオーバー。短い間だったけれど、人生初となったデートはこれでお終いだ。

久美子は立ち上がると、つやつやのボブカットの毛先を指に巻き付けて見せた。

「今日ね、これから髪切りに行くんだ」

とは言っても、全然伸びているような感じもしない。久美子の襟足《えりあし》やそこから伸びる細い首を見て、自分とは違う性であることを強く意識してしまった。

と、そこで靖貴は先ほどの申し出を、もしも受け容れていたらどうなっていたのだろうか、と考えた。「やっぱり冗談だよ」と言われるとは思うが、万が一にでも本気で付き合うことになっていたら、あの首もとに触れることができたのかもしれない。

邪《よこしま》な考えを打ち払うように、「どれくらい切るんですか？」と尋ねてみた。すると久美子は「今回はちょっと短くしてみようかな」と耳のあたりでハサミをちょきちょきするような仕草をした。

「寒そうですね」と気の利かない感想を靖貴は口にした。しかし久美子は大して気を悪くした風でもなく「巻き物があれば大丈夫じゃない？」と言ってのけた。


「コーヒーごちそうさまでした。楽しかったです」

駅に向かう靖貴と、美容院へ立ち寄る久美子は途中まで方向が同じだった。肩を並べて歩きながら、靖貴は頭を下げた。

「こちらこそ。ＤＶＤありがと。今度ライブあるときは、一緒に行こうね」

いいですね、と笑って答える。ライブには今まで一人で参戦していたけれど、この子と一緒ならきっともっと楽しい。

まぁでも、行くとしても受験が終わってからだから当分先だろう。それまで交流が続いているかどうかは疑問だが、とりあえず今のところは期待して待っていよう。

「あ、あと来週南高《なんこう》の文化祭でしょ？　遊びに行くから」

久美子の言葉に「おっ」と驚かされた。さすが地元民だ。よく知っている。

靖貴が「うちのクラスは不参加で、あとは郷土地理研究会という地味な部活の展示に関わっている」と言うと、久美子は「郷土地理ってすごい興味ある」と意外なところに食いついてきた。やはり久美子は、ちょっとというかかなり変わっている子らしい。

久美子がふと足を止めた。どうやらここで行き先が分かれるようだ。

それじゃ、と手を挙げかけたとき、久美子がこちらを急に振り向いた。

「それと、さ」

「はい」

「飯島くんは絶対普通にモテるから。もっと自信持って」

最後の最後に何を言い出すのだろうか。体が熱くなってきて、きっと顔なんかみっともないくらいに赤くなっている。

いや、そんな、と必死になって否定をするが、そんな靖貴をからかうように久美子は続ける。

「あ、でもあんまりフラフラしちゃダメだよ。恵麻が心配するから」

……やはりこの子は自分と北岡の関係を誤解している。自分がどこの誰と付き合おうが、彼女の友達以外であれば大した関心を示さないと思うが。

「そんなことないと思いますよ」と小声で返した靖貴を、久美子はにたにたと楽しそうに眺めていた。

「じゃ、気を付けて」

「あ……、はい。あんまり遅くならないといいですね」

「うん。また……来週かな？」

お互い手を振って別れる。乾いた秋風が久美子の髪を揺らして、靖貴は小さく「くしゅん」とくしゃみをした。


遅くまでありがとうございました、と講師に礼を述べて部屋を後にする。気がつけば、生徒は恵麻の他に誰もいなくなっていた。

今夜はだいぶ遅くなってしまった。予備校の講義がいつもより早く終わったので、どうしてもよく分からない英語の仮定法過去と過去完了の違いについて講師に質問に行ったところ、「そもそも仮定法とはなんぞや」という話から始まり、結局通常の授業終了時間よりも三十分以上遅れて予備校を出た。

お陰で理解は深まったけれど……、時計を見ると九時半が近い。いつも予備校帰りに乗っている電車はとっくに出ていて、その次のにもギリギリ乗れるか、といったところだ。

すでに急ぐ気力も使い果たしてしまった恵麻は、とりあえず寒さと空腹感を紛《まぎ》らわそうと、途中にあるコンビニに立ち寄った。そこでホットのミルクティーを購入し、冷めるまでポケットに入れて暖を取りながらまた駅へと向かった。

……結局、今日も飯島と話せなかった。いつも先に終わるのは自分の方だから、きっともう彼は先に帰っているだろう。恵麻は先々週の同じ水曜日、自分と飯島の前に颯爽と現れた旧友のこと、そして彼女と交わした会話をまた思い出していた。

あの日、自分たちより少し上り方面に住む飯島は、「それじゃ、お先に」と言って先に電車を降りてしまった。飯島の住むところはちょっとしたベッドタウンで、彼と一緒に大勢の人が車両からいなくなった。

ドアが閉まりまた電車が夜の街を駆け抜けていく。ガラガラ、と言わないまでもだいぶ空いた車内で、久美子は「はぁ」と大げさにため息をついた。

『やっぱ共学っていいなぁ。出会いがあって羨ましい』

『え？』

なんの話か、と恵麻は呆気にとられた。ぽかんと口を開けて見返す恵麻に、久美子はにこりと笑顔を作ってみせた。

『今の彼と、ホントは付き合ってるんでしょ？』

『はぁ⁉』

思わず大声を出してしまい、「しーっ」と久美子に窘《たしな》められる。だけどこの子は何をバカなことを言い出すのだろうか。

『何言ってんの？　あり得ないんだけど！』

声を上擦らせそう反論する。予想の斜め上を行く久美子の発想に、恵麻の冷静さはどこかへ飛んでいってしまった。

飯島と自分が恋人同士？　どこをどう見ればそのような関係に見えるというのか。第一飯島は愛想のないオタク男で、自分のことを気に掛けているそぶりはこれっぽっちもない。話しかければ受け答えはしてくれるし、自分のことをあからさまに遠ざけるようなことはしないけれど、もうちょっと懐《なつ》いてくれてもいいのにな、といつも思っているぐらいだ。

　それに、自分の好みのタイプはもっと大人で包容力のある人物だ。あんなボーっとして頼りにならない感じの男では絶対なかったはずだ。

　久美子は不思議そうに首を傾げると、さらに見当外れなことを口にした。

『それじゃ、まだ告る前ってこと？』

『……っ！』

　ふざけるな、と言いそうになってしまった。告白なんて元々するつもりはない。飯島は異性として意識するような存在ではない。ただ、あれといるとなんとなく癒《い》やされるから。だからたまに一緒にいて、学校ではできないどうでもいい話をしたいだけなのだ。

『だから、ホントにそんなんじゃないから！　ただのクラスメイトだし』

『そーなの？』

『そうだよ！　当たり前じゃん！』

　すこしキツい口調でそう言い切ると、やっと久美子も分かってくれたようで、「ふーん」と小刻みに頷いた。

『そっか……。じゃあ彼は今彼女いないのかな』

『……いるわけないよ。あいつ、全然モテないもん』

同じグループの友達も、クラスの他の女子も、「飯島がいい」などと噂してるのなんか聞いたことがない。顔も服装も地味で女子とは滅多に喋らず、しかも猫背でオタクっぽいオーラを出しているときたら、これで人気が出る方がおかしかった。

本当は自分を助けてくれたり下級生をかばったり、なかなか男気のあるいい奴なのだけれど、下手《へた》に興味を持たれても困るのでそのことは誰にも言っていない。

久美子は膝の上の鞄を抱え直すと、少し前のめりになって言った。

『じゃ、今度会うことあったら、言ってみようかな。「私でよければ彼女になるよ」って』

『えっ……』

唐突な久美子の発言に、恵麻は急に言葉を詰まらせた。

まさかそんな話になるとは思っていなかった。「モテないアピール」が逆の効果を産んでしまったようだ。

声が震えていることに気づかれないように、恵麻は精一杯低く答えた。

『それは、やめといた方がいいんじゃないかな……』

『なんで？　趣味合うし、同い年だし、ちょうどよくない？』

『でもあいつ、あんな見た目だし』

『え？　普通にすごい好みだったんだけど。ああいういい人っぽい男の子、ツボなんだよね』

どうやら女子校に通う久美子は、普段男子を見慣れている恵麻とはまるっきり異なる評価基準を持っているようだ。あいつはオタクグループの奴で、女子からは全く相手にされていないのに。だけどそんな序列、ひとたび学校から出てしまえばなんの意味もないということに今さらながら気づかされる。

自分は飯島と付き合っているわけでもないし、久美子の恋を邪魔する権利もない。むしろ友達の幸せを願うのは当たり前だ。

それなのに――焦るばかりで何も言えなくなってしまった恵麻の顔を覗き込むと、久美子は諭《さと》すように尋ねてきた。

『恵麻だって、普通に話せるぐらいだから嫌いじゃないんでしょ？』

嫌いじゃない。確かに見た目はイケてる方じゃないけど、親切だし優しいし、返しが独特で喋っていて意外に楽しい。それに久美子とは音楽の趣味も同じだし、考えれば考えるほどお似合いな二人な気がしてきてしまう。

『それはまぁ、そうなんだけど……』

そう呟きながら俯く。だけど……飯島と久美子が付き合うのは困る。そんなの見ていられないし、応援もできない。お願いだから、こんなの一時の気の迷いだと言ってほしい。

肺の奥あたりがちくちくと痛んで、耳がじんと痺《しび》れ出す。その後は電車を降りるまで久美子の方を見られなかった。

そして先週の月曜日、飯島に久美子の正しいメールアドレスを教えると、その次の日の夜久美子から「土曜日飯島くんと会うことになった」という脳天気なメッセージが届いた。

「よかったね」とありきたりな返事をしてみたものの、胸の内は不安といらだちが渦巻いてよく眠れなかった。

その次の日、ＰＭＳ（月経前症候群）により、恵麻は最近では見舞われたことのないような偏頭痛《へんずつう》に襲われた。もしかしたら前日に久美子から来た一文がストレスに輪をかけていたのかもしれない。結局その日は、予備校にはどうしても行けず、家で休むことにした。

学校の中でも飯島の姿を見かけたけれど、話しかけられたら彼に理不尽なことを言ってしまいそうで、そんな格好の悪いことはしたくなくて、これまで以上に彼のことは避けて過ごした。

その週の土曜日の三時頃、「とりあえず勉強だ！」と気持ちを切り替えて赤本を解いていた。そんな恵麻のスマートフォンに、一通のメッセージが届いた。

誰からだろうと見てみると久美子からで、「これからデート。私服も意外にアリかも⁉」という文章と共に、少し離れたところから隠し撮りしたらしい飯島の写真が貼《てん》付《ぷ》されていた。

……知っている。飯島は本当はダサくないのも、ちょっと頑張ればモテそうなのも、とっくに自分は分かっていた。どうして誰も気づかないんだろうと不思議に思っていたけれど、バレたらバレたで悔しくて仕方がなかった。

今頃、久美子はあのことを飯島に告げたのだろうか。そればかりが気になって、英文の長文問題を解こうとしても同じところを何度も繰り返して読んでしまったり、得意なはずの因数分解も、共通項が見つけられずに間違えるというあり得ないミスを連発した。

（ま、どうでもいいけどね！　あの二人が付き合おうが、何しようが）

そう自分に言い聞かせるも、どうにも集中力が途切れてしまう。

結局恵麻は一時間ほどで勉強を放り投げると、スマホの電源を切ってふて寝してしまった。

……それ以来、久美子からは一度も連絡はなく、飯島も相変わらず学校では自分に近寄って来ない。

秘密にされているということが逆に何か意味ありげで、怖くて自分からは何も確かめられずにいた。


ミルクティーを握りしめながら西口の改札をくぐって、下りの東房線のホームへと向かう。今日はもう飯島を待つ必要がないから、東口側の乗車口まで行く必要はない。

俯きながら階段を一段ずつ降りる。最後の一段を下ってホームに足を着けた瞬間、突然名前を呼ばれた。

「北岡」

驚いて顔を上げる。目の前のベンチに座っていた人影がゆらりと動いて、のっそりとこちらへと歩み寄ってきた。

まさか、と胸が高鳴る。だけど見間違うはずもないし、声には聞き覚えがある。

その場で一歩も動けずにいる彼女の前に立ち止まると、その人は弱ったように頭を少し掻いて見せた。

「もう来ねーのかと思ってた」

飯島はそう言って口の端をつり上げた。不器用な笑顔が目に入った途端、何故だか鼻の奥がツンとして涙が溢れてきそうだった。

恵麻はなんと答えていいのか分からずに黙り込んだ。いつもは自分が先に来て彼が終わるのに合わせているから、飯島の方が待っていてくれてるなんて思わなかった。

嬉しい、けれど心中はそれだけじゃない。この人はすでに久美子とどうにかなっているのかもしれない。そう思うと、決して弾んだ顔を見せることはできなかった。

複雑な面持《おもも》ちでいる恵麻に、飯島は笑ったまま「この前も来なかったから」と付け加えた。

……ということは、先週も飯島は自分を待っていたのだろうか。嫌味で言っているのではないと分かっていたが、なんとなく自分が勝手にすっぽかした感じになっていたたまれない。

恵麻は「別に、一緒に帰る約束してるわけじゃないし」と言いかけた。だけど、そんなことを口にしてしまったら、次に自分が遅くなったときに彼は先に帰ってしまうだろう。それはやっぱり嫌で、恵麻は憎まれ口をぐっと堪え、俯きながら正直な事実を告げた。

「先週は、ちょっと体調が悪くて、家で寝てたから……」

それを聞いた飯島は特に驚いた様子もなく頷いて、

「そっか。もう大丈夫？」

と、恵麻に尋ねた。

……こいつはなんてお人好しなんだ。待ちぼうけをくらったのに、こちらを責めもせず心配までしてくれるなんて。それに学校には毎日普通に行ってたからそこまで深刻なものではないのは分かってるはずなのに。ちょっとバカじゃないか、と思うと同時にその優しさが切なかった。

「うん全然。すぐ治ったし……」

「ああ、そう。よかったよ」

そう言ってまた軽く笑う。

ヤバい。このままでは自分も本気になって後には下がれなくなってしまう。なんでこいつはその気もないのに、いちいち惑《まど》わすようなことを言うんだろうか。

（あたしのことなんか、大して好きでもないくせに）

そう思った途端、またじんわりと泣きそうになってしまった。そんな自分に気づかれたくなくて、下を向いたまま鼻を啜る。

とりあえず電車が来るまで時間があったので、先程まで飯島が座っていたベンチに並んで腰を下ろした。ときおり冷たい風が吹いたが、緊張しているせいかあまり寒いと感じられなかった。

飯島は――、どういうつもりで今まで自分を待っていたのだろう。もしかしたら何か話したいことがあるのかもしれない。そしてその話というのは、最近身の上にあった変化について、だとか。

彼が誰と付き合おうとも、基本的に自分は関係ない。だけどもし相手が自分の親友だったら、これは伝えておく必要がある。だから、彼は自分と話をしたかった。

一旦そう考えるとそれ以外の理由が思いつかなくて、恵麻はとうとう自分から聞いてしまった。

「土曜日、久美子と会ったんだって？」

「ああ。久美子さんから聞いた？」

端から隠す気なんてさらさらない様子で飯島が答える。……やはり、言いたいこととはこれだったのか。

「……どうだった？」

愕然とした思いで飯島の横顔を見つめていると、その口元が出し抜けに緩んだ。

「ああ。あの人、すげーいい人だな。北岡のこといろいろ心配してたぞ」

「いい人」なんて曖昧な表現でごまかさないでほしい。久美子が素晴らしい子なのは自分の方がよく分かってる。そうじゃなくて、あの日何があったかを知りたいのだ。

「……付き合ってるの？」

「はっ？」

飯島が呆気にとられた顔でこちらを見返す。今さらとぼけようとしたって無駄なのに。自分は久美子から聞いて知ってるんだぞ、と飯島の態度に少し苛ついた。

「だから、久美子と飯島って、デキてんの」

単刀直入に切り込むも、最後の方は声が震えて尻すぼみな感じになってしまった。

飯島はプッと吹き出すと、そのまま口元を押さえて引き笑いを始めた。

「なんで笑ってんの」

「いや……。ホントリア充の考えることって分かんねーなって」

……それはどういう意味だろうか。ふてくされたまま呆気にとられる恵麻に、飯島はヘラヘラしながら答えた。

「付き合ってるわけねーじゃん。あんなにカッコいい女の子が、俺のことなんて相手にするわけないっしょ。DVD渡して、ちょっと喋ってすぐ別れたよ」

「え……っ」

「『これから髪切りに行くんだー』って。あれホントかな。全然伸びてる感じじゃなかったけど」

それを聞いた瞬間、拍子抜けして思わず笑いそうになってしまった。本当に、今まで やきもきしてたのはなんだったんだろう。いずれにせよ、ひとまず何もなかったようで安心した。

正直そこまで謙遜《けんそん》するほど飯島が久美子に見劣りするわけでもないと思うのだが。

久美子のアレは冗談だったのか、それとも「まだ早い」と踏んだのかは分からないが、
飯島が「相手にするわけない」と言うぐらいだから、久美子側からそれを匂わす発言は全くなかったのだろう。

ああ、そうだよね、と恵麻が適当に話を合わせると、飯島は眼鏡の奥の目を更に細めて呟いた。

「ていうか、あの人自分のこと百合だって言ってたぞ」

「えっ⁉」

「冗談だって笑ってたけど。でもなんか、俺一瞬ちょっと本気にしちゃった」

それは今、自分も一瞬本気にしてしまった。本当に久美子はタチが悪い。心臓に悪いから、それっぽいホラ話はそこそこに止めておいてほしいものだ。

話の途中で、ホームに電車の到来を告げるアナウンスが響き渡った。その後すぐに、下りの電車が音を立てて滑り込んできた。

ドアが開いて乗り込む。暖かい車内のすみっこに二つ空いている席があったので、恵麻はその片方に座った。飯島も、ごく自然に恵麻の隣へと腰を下ろした。

二週間ぶりに腕が触れ合う。何故か今さらになって、その距離の近さに心拍数が上

がった。

ドアが閉まり電車が動き出すと、飯島は話の続きを切り出した。

「で、久美子さん来週文化祭来るって」

「あ……、そうなんだ」

「聞いてない？」

「うん、まだ」

土曜日以来連絡をしていないし、その前は違うことが話題になっていたから、全然そんなこと知らなかった。

なんとなく仲間はずれにされているのが気に入らなくて、たまらず顔を顰めた。

「……家が近いから、暇潰しかな」

むしろ飯島に会いたいがためだろうか。

再びもやっとしかけた恵麻の可愛げのない言葉も、飯島は動揺することなく受け流した。

「そうじゃないと思う。向こうだって受験生だし。きっと、北岡に会いに来るんだよ」

「……そうかな」

「そうに決まってるよ。だってあの人、ずっと北岡のこと話してたよ。俺それ聞いてて、『ああ、この人北岡のこと大好きなんだな』ってすごい思ったもん」

……何をそんなに話すことがあったのだろうか。気にはなったが、珍しく飯島がずっとにこにこと笑っているので、意地悪い質問はしないでおくことにした。

改めて飯島の顔を盗み見て観察する。わりとシャープな顎のラインをしていて、肌はあんまり灼《や》けてない。案外くっきりした眉毛の下には糸みたいに細い目があって、笑うとすぐになくなってしまう。でも口角が上がっているから怖い印象にはならない。全体的に薄くて野暮ったい感じだけど、これで量が多くてちょっと癖のある髪をどうにかしたら、結構見られる外見になる気がする。気がするっていうか絶対そうだ。現に久美子はそれを見抜いて「好みだ」と褒めていた。

飯島のことは、自分から「付き合おう」なんて告げるシチュエーションはさらさら考えられなかった。だけど憎からず思っていることは確かで、「もしも飯島が告白してきたら、ＯＫしてやらないこともないんだけどなぁ……」と想像することはままあった。ただ今回のことで、この鈍感な男子から動くのを待っていたら、何もかも遅すぎるのではないかと気づかされた。飯島のことを他の女子にとられるのは嫌だ。久美子のことは小さい頃から頼りになって大好きだったけれど、そんな彼女にすら譲《ゆず》りたくないと思った。今回の久美子の件は軽い冗談で済まされたけれど、早くどうにかしないとまたいつ第二第三の久美子が現れてもおかしくないのだ。

だからと言ってこの期に及んで急にこちらの態度を変えるのも……。飯島の反応は全く読めない。以前「気軽に連絡したいからスマホ持ってほしい」という内容のことを伝えたら、自分と電話会社の癒着《ご》を疑った飯島だ。こちらの言葉や行動を素直に受け止めてくれないのが常で、その思考回路は謎だ。いきなり甘えてみようものなら、「何か裏があるんじゃないか」とドン引きされるのがオチだ。だから次の一歩がなかなか踏み出せないのだ。

これから飯島との距離を縮めていくには、押したらいいのか引いたらいいのか。この手の自分に自信のないタイプを相手にしたことがない恵麻は、どうしていいか分からずにぐるぐると頭を悩ませた。

恵麻ははぁ、とため息をつく。ただでさえ今日は遅くなった上に、いろいろと気を揉《も》んでドッと疲労感が押し寄せてきた。もういい、しばらく考えるのはヤメにしよう。

「……なんか疲れちゃった。ちょっと寝るから」

そう告げると、飯島は膝の上のリュックサックをごそごそと探りながら答えた。

「うん、分かった」

飯島は小型の音楽プレイヤーを取り出すと、早速イヤホンを耳に突っ込んだ。どうやら自分が寝ている間、何かを聴いて時間を潰すつもりのようだ。

飯島の考えていることはよく分からない。だけど、久美子のものにならなくて本当によかった。まだしばらくは、こうして隣に座って自分とだけ笑って話してくれる時間があるのだ。

恵麻は目を瞑《つむ》ると、そのまま俯いて寝たふりをした。そして大きく電車が揺れたときに、偶然を装って飯島の方に寄りかかった。

飯島の学生服の肩に頭を乗せているが、彼は寝ている自分に気を遣っているのか何も注意してこない。そのことが幸せで、あとのことはどうだっていい、そう本気で思った。

しゃかしゃかとイヤホンから漏れた音が聞こえる。これがスコショの曲なのだろうか。テンポがよくて、聴きやすそうなメロディだ。

「やっぱり自分も、今度聴いてみようかな」――そんなことを思いながら、恵麻はいつの間にか本当に眠り込んでいた。

嘘と本音のフェスティバル

簡単なホームルーム代わりの点呼《てんこ》が昇降口で行われた後、靖貴は四階にある三年B組の教室へと向かった。

三年B組は、靖貴たちF組と同じで今回の文化祭に不参加だ。そこで空いた教室を郷土地理研究会の発表展示の場として使わせてもらっている。

今日は文化祭二日目の日曜日。昨日の一日目は学内のみの公開だったが、今日は一般の人も来場する。そのため、すれ違う生徒の表情にはやたらと気合いが入っていたり、早くも仮装で練り歩く者もいたり、学校全体が浮かれきっている感じがした。

靖貴が郷地研の持ち場に着いたとき、すでに後輩たちは集まっていた。郷地研は地味な部活なので、メンバーも大人し向きの者が多い。だけど皆でおそろいのTシャツ（青色で表に「I♥NS」、背面に「地元、愛してますが何か。KYOCHIKEN」と書かれている）を着るとなんとなくテンションも上がってくるようで、普段は引っ込み思案の後輩達も写真を撮り合ったりふざけ合いながら笑い声を上げてはしゃいでいた。

靖貴が黒のロングTシャツの上に郷地研Tシャツを着ていると、大きな風呂敷包みを携えた三十がらみのOBが教室に現れた。

「おまちどおさま。ちぃばぁの到着だぞ」

そう言って風呂敷を開けると、中から耳の垂れ下がった黄色いうさぎの頭部が現れた。

きゃあ、と歓声が上がる。

「見て見て！　本物だよ！」

女の子の部員がもう一人の女子に向かって、バンバンと肩を叩きながら捲《まく》し立てた。よほどこのうさぎのことが好きらしい。一部の人間にではあるがここまで愛されて、このキャラを作った担当者も本望だろう。

郷地研の中で、比較的背の小さい男子が衣装を身に纏《まと》う。「うさぎのおばあさん」なので着ぐるみの上に割烹着《かっぽうぎ》を着ているのがちぃばぁの特徴だ。

すっぽりと頭部を被《かぶ》ってちぃばぁが完成すると、早速ちぃばぁを取り囲んでの撮影会が始まった。OBも、その様子をまんざらでもなさそうに眺めている。

そうこうしているうちに、文化祭の始まりを告げるアナウンスが鳴り響いて、どこからともなく「うぉぉぉおおおっ！」という雄叫《おたけ》びが聞こえてきた。

ふと外を見ると、色とりどりの風船が空に浮かんでいた。鮮やかな丸い浮遊物は、思い思いの方向へと散らばると、目で追っているうちにどんよりとした曇り空に吸い込まれていった。


「じゃ、飯島先輩はちぃばぁと一緒にチラシを配ってきて下さい」

現部長より黄色い上質紙の束を手渡される。チラシには、展示物のざっくりとした内容と「ちぃばぁと写真を一緒に撮る会」の開催時刻が書かれていた。写真を撮る会は日に三回ほど、それぞれ三十分ほど郷地研の教室で行われる予定だ。

視界の悪いちぃばぁの手をとり、ゆっくりと階段を下っていく。中身がずんぐりむっくりした男子の後輩だと思うと微妙だが、すれ違う女子生徒には「かわいい」と何度か指をさされた。

昇降口を出ると、校門の近くで他の団体と一緒にチラシ配りを始めた。周りにはバルーンアートやジャグリングなどを行っている者たちもいて、かなり本格的だったのでたまにそちらに目を奪われたりもした。

チラシを配っていると、中には受け取ってすぐに捨ててしまう心ない人間もいたが、隣で愛嬌《あいきょう》を振りまくちぃばぁはおおむね好評のようだった。写真撮影を求められたり、周りを取り囲まれたり。子供がやってくると割烹着に忍ばせていた飴《あめ》を手渡したりして、その度に「わーっ、うさちゃんありがとう！」と小さな子に喜ばれた。

しかし、そうしてチラシが半分ほどなくなった頃、隣の可愛らしいうさぎの中から外見に似合わないしゃがれた声が聞こえてきた。

「飯島先輩……、俺もう疲れたッス……」

無理もない。観衆の求めに応じて、いろいろなポーズをとってみたり、ぴょんぴょんと踊ったりして飛ばしすぎていたのだろう。ちぃばぁは「おばあさん」のキャラなんだからもうちょっとそれっぽく振る舞ってもいいんじゃないかと靖貴も思っていたぐらいだ。

それじゃ、そろそろ持ち場に帰ろうか、と提案しかけたとき、校門の方から耳覚えのある高い声に呼ばれた。

「あっ、飯島くん！」

振り返るとそこにいたは案の定久美子で、彼女は早足でこちらに寄ってくると、「磯貝スマイル」とでも呼ぶべき満面の笑みを靖貴に向かって浮かべた。

「何やってるの？　ビラ配り？」

「ああ、はい。うちの部活の展示の呼び込みです」

どうぞ、とチラシを一枚渡すと、久美子はそれを興味深げに手に取り「なかなかレイアウトにセンスあるね」と意外な視点からの感想を述べた。

今日の久美子はアースカラーのロングカーディガンに細身のジーンズを穿いていて、裾《すそ》は長いブーツの中に入れていた。地味な色合いだったが、服の組み合わせがスタイルのよさを引き立てていて、何もしなくても結構目立つ感じだ。ちなみに久美子は隣に並ぶと目線が靖貴とほとんど変わらない。女の子の中では、長身の部類に入る方だと思う。

そして先週会ったときは前髪と横の髪が同じ長さのボブカットだったのだが、今は前髪が眉の当たりで切り揃えられている。いわゆる「前髪ぱっつん」の髪型になっていた。

「そういえば、前髪作ったんですね」

「そうなのー。先週あの後髪切りに行ったでしょ。そのとき変えてみたんだ」

「似合う？」と尋ねられたので「いいと思いますよ」と無難に返す。久美子はにやりとしてそれを受け流すと、斜めがけにしていた鞄をごそごそと探り出した。

「今ね、恵麻と待ち合わせしてるんだけどまだ来てないみたいだから。先に飯島くんにこれ渡しちゃうね」

はい、と目の前に七色に光を反射するディスクを差し出される。レーベル面に「ＳＨ」とは書いてないので、自分が渡したＤＶＤではない。

「なんですか？　これ」

「この前のＤＶＤのお礼。もうね、家帰って観てちょー感動したからさ。これは何かお返ししないと……って」

「あっ……、わざわざすみません。ありがとうございます」

この前もおごってもらったしそこまでしてもらうほどのものでもないのだが。でもファン同士交流を深めるのも悪くない。素直に礼を言ってそれを受け取った。

「中身はなんですか？」

「スコショのインディーズ時代の音源とか、オフィシャルサイトで一時期公開してたサンプル曲とか、あとオススメのバンドの曲もあるし、それから……」

「あっ、いたいた！　久美子！」

最後まで言い終わる前に、名前を呼ばれて久美子は後ろを見た。

久美子の背後から北岡が制服のスカートを翻して駆け寄ってくる。手にはどこで買ってきたのか、すでに綿菓子を二つほど持っていた。

「ごめんね、ちょっと待たせちゃった？」

北岡の言葉に、久美子はぶんぶんと首を振った。

「ううん、全然。実は南高の中に入るの初めてだから、ちょっとドキドキしてるよ」

「そうだっけ。家、近いのに」

「去年と一昨年はうちんとこの文化祭と日程被って来られなかったからねー」

ひとしきり楽しそうにはしゃぎ合うと、北岡はようやく靖貴とその隣の着ぐるみの存在に気づいたようで、「あっ！」と目を見開いて久美子の手を取り上下に激しく振った。

「ねぇ、久美子見て見て！　ちぃばぁが手ぇ振ってるよ！」

靖貴が見たことのないような顔で北岡が笑う。普段気怠《けだる》げな北岡が、こんなに興奮しているのは初めてだ。よっぽどちぃばぁのことが気に入っているらしい。

「うわーっ、もう、超かわいい！」

「ねーっ、かわいいよね。もっとゆるキャラグランプリ上位でいいのに〜」

「あたしも、中学のときちぃばぁのマスコットかばんにつけてた。あれ、どこやったかなぁ」

北岡が抱きつかんばかりの勢いでちぃばぁの頭を撫で回す。それが嬉しいのか、ちぃばぁも手を握ったり軽くステップを踏んだり可愛らしい仕草で応じた。

すると、北岡は急にくるりと靖貴の方を向いた。

「ところで、この中には誰が入ってんの？」

お祭りということで気分が昂揚《こうよう》しているのか、それとも久美子の前だからか。北岡が学外で会うときと同じような態度で話しかけてきたので、一瞬驚いて固まってしまった。

　しかし夢のないことを言う女だ。靖貴は眉間に皺を寄せて答える。

「何を言ってるんだ。ちぃばぁに中の人などいるはずないだろう」

「へぇ、それじゃ飯島くんはちぃばぁになったりしないの？」

「ええ、一、二年が交代で入ることになってるんで……」

「やっぱいるんじゃん。まぁいいけど。とりあえず、記念撮影しとこうよ」

　久美子が「いいね」と返事をする。どうせ俺が撮ることになるんだろうな、と思っていると、やはり北岡に「よろしく～」とスマホを押しつけられた。

　五メートルほど後ずさり、二人と一匹の全身が写るアングルを探る。

「はい、チーズ」

　画面の中に、ちぃばぁをはさんで北岡と久美子がピースサインをしている写真が収められた。北岡にそれを返すと、久美子より「あたしのもお願いできるかな」と控えめな申し出を受けた。

　先ほどの行動をもう一度繰り返す。久美子が「ありがとう」と言って靖貴よりスマホを受け取るや否や、北岡は久美子のカーディガンの端を引っ張った。

「あのさ、半から体育館でクイズ大会があるから、早く行こうよ」

「あ……うん、それじゃ、飯島くん、あとでそっちも見に行くね」

「じゃぁねー、ちぃばぁ。ばいばーい！」

そう言って笑顔で手を振る。

嵐のように過ぎ去っていった二人の背中を見送りながら、靖貴はふぅ、とため息をついた。

と、そこで隣のちぃばぁからも息の上がったような掠れた声がした。

「先輩、今の人たちと仲いいんですか？」

ぎくり、と思わず口元を歪める。

「今のは……、クラスメイトとその友達だよ」

そういえば久美子が来る直前まで休憩することで話がまとまりかけていた。疲れているところに自分の都合で無理をさせてしまっただろうか。ごめん、帰ろうか、と背中を押そうとしたそのとき、ちぃばぁが意外なことを呟いた。

「いいなぁ、羨ましい……。僕もお近づきになりたい……」

そっちかよ、と途端にがっくりと来た。どうもちぃばぁ（役の後輩）は、レベルの高い美女、しかも一気に二人からちやほやされ、頭の中がお花畑状態を迎えているようだ。彼（？）も靖貴と同じで全く華のない墨絵《すみえ》色の人生を送っている人間だから、気持ちは分からなくもないのだが……。

「そんなに仲よくもねーぞ」と言い添えるがどうも耳に入ってないようである。諦めて靖貴は、やはりちぃばぁを連れて郷地研の教室へと戻ることにした。

「足元、気ぃつけてな」

「はい……」

騒がしい校舎の中、ちぃばぁの手を引いて三年B組の教室へたどり着いた。ちぃばぁは速攻展示パネルの陰に駆け込むと、頭部を外して着ぐるみを脱いだ。

「いやー、疲れたッスわ……」

着ぐるみの中は非常に通気性が悪いようで、肌寒くなっている季節だというのに首も背中も汗だくになっていた。

偶然その場に居合わせた二年の女子部員が、「今度は私がやりたい！」とちぃばぁ役を買って出た。彼女は体力に自信があるらしく、頭部を被ると「思っていたより軽い」と口にし、足腰も先ほどの男子生徒よりしっかりしている気がした。

彼女は「撮影の時間には戻ってきます。それまでしっかり郷地研アピってきますね！」と言うと、もう一人の女子部員と一緒にどこかへと消えてしまった。

「ヒマだねー……」

靖貴の隣に座る女子生徒が呟いた。彼女の名前は田村《たむら》ななみ。靖貴と同じ三年の郷地研部員で、実は中学も一緒だった。

一年と二年は自分のクラスの出し物があったり、掛け持ちしている部活の都合もあるので、郷地研の店番（正確には店ではないが、便宜《べんぎ》上こう呼んでいる）は靖貴や田村など三年生に任せられている時間が多い。

撮影会の時間以外は特に何をするわけでもないのだが、たまに解説を求められるのと、誰もいないとよくない輩のたまり場になる恐れもあるため、一応はこうして靖貴らがここのブースを守っているというわけだ。

ただし、この三十分間は誰一人として来場者はいない。たまに開け放したドアのところから中を覗いていく者もいるが、展示内容が「南総地域の成り立ちおよび現在の産業について」だと分かると、大して興味もなさそうにその場を離れていってしまう。

靖貴は資料に使った市の広報誌にあった数独を解いていたが、それももうすぐ終わりそうだ。田村などは何も手にしていないから、本当に手持ち無沙汰《ぶさた》で仕方がないのだろう。

「まぁ、展示も毎年変わり映えしないし、仕方ねーよな」

フォローするように靖貴が言うと、田村はこちらの話など聞こえていないかのようにぼやいた。

「マンガかなんか持ってくりゃよかったな」

大げさなあくびと共に机の上に突っ伏す。田村は昔から、マイペースというか少々横柄《おうへい》なところのある女子だった。

中学一年のときに一緒のクラスだったが、当時の田村は大柄で成績がよく、チビで引っ込み思案の靖貴などは「バカじゃないの？」とよくコケにされたものだ。その後身長もほぼ追いつき結局同じ高校にまで入ったものの、学内順位は依然田村の方がずっと上だ。また昔の馴染みがあってか、未だに田村は靖貴に対して常に上から目線だ。見た目は地味でスカートも長く、おそらくは自分と似たような人種であるとは思うのだが。ただ、彼女は飾らずに常に本音で接してくるので、女子生徒の中で靖貴が唯一気兼ねなく話せる相手でもあった。

「ていうかさ、めっしー。店番二人も必要かね？　一人で十分だと思わん？」

片肘をつきながら田村が言った。「めっしー」とは中学のときに付けられたあだ名で、「飯島」→「めしじま」→「めっしー」と変化していったことに由来する。現在このあだ名で呼んでくるのは、田村を除いて誰もいない。

「……どっか行きたいところあるなら行ってきてもいいよ」

意を汲んで靖貴がそう告げると、田村はそっぽを向いてぼそぼそと呟いた。

「そんなんじゃないけどさ……」

再び空白の時間が訪れる。それから数秒も経たないうちに、田村はガタガタッと音を立てて席を立ち上がった。

「やっぱちょっとブラッとしてくるわ」

「はいはい」

そう言って田村を見送る。いくら「気兼ねなく話せる相手」と言えど、女の子と二人っきりよりも、一人の方がずっと楽だしやりたいこともできる。

開放的な気分になった靖貴は、英語のリスニング用に各教室一つずつ配置されているラジカセを黒板脇の目隠し棚より取り出した。

それを電源につなぎ、さらに自分の音楽プレイヤーとケーブルで接続させる。誰も来ないんだったら、これぐらいやっても許されるはずだ。

お気に入りの曲が教室に響き渡る。気分は「一人DJ」。よく分かんないけど何か楽しい。若干ハイになって曲に合わせて「ぶーきよーでごめーんねー♪」などと歌っていると、一般の若い女性がひょっこりと教室に現れた。

「あの……、ここって何やってるところですか?」

みっともないところを見られてしまった。靖貴は思いっきり顔を赤くした。しかし女性はそんな靖貴のことなどさほど気にしていない様子で、真っ直ぐにこちらへと近づいてきた。

女性は見たところ二十代前半で、四つ上の靖貴の姉と同じか少し年上ぐらいか。肩の辺りで切り揃えた黒髪が特徴的で、暗い紺色のカーディガンを羽織っていて化粧っ気も少なく、華美さはないが大人しくて素朴な印象のある女性だ。

「えーと、郷土地理研究会って言って……」

気を取り直して部の活動内容、歴史、今回の展示の概要《がいよう》と趣旨《しゅし》などを説明する。女性はそれを「ふんふん」と真剣な表情で聞いていて、展示に目を通しては「これはいつの写真？」「この人は今何歳ぐらい？」などと尋ねてきた。

そして「市町村の環境への取り組み」というパネルの前で立ち止まると、市内にある焼却施設の大きなカラー写真を指さした。

「あ、環境センターだ。懐かしい。小学校の頃社会科見学で行った」

ほぅ、と靖貴は感心した。この写真だけで分かるとは、ずいぶんとここら辺の事情に詳しいようだ。

「地元の方なんですね」

「うん。すぐそこの高師《たかし》小卒業なんだ」

にこりと笑って窓の外を指し示す。高師小学校まではたしか直線距離で一㎞ほど。

彼女はバリバリの地元民だったようだ。

彼女ははぁ、と息を漏らしてまたパネルをしげしげと眺めた。

「いいなぁ。こういうの取材するのとかって面白そう。楽しそうな部活だね」

……そんなにいい物でもない気がする。靖貴は「活動日数が少なくて楽」という理由から郷地研を選んだだけで、特に郷土にも地理にも興味があったわけではない。それに部員の数も圧倒的に少なく、人気がある部活では決してない。

いや、もう退屈な部活でと靖貴が謙遜すると、女性は意外そうに首を傾げて靖貴の方を見上げた。

「そう？　私もここの高校だったらこの部に入ってたと思うよ」

「あれ、うちの学校のご卒業じゃないんですか」

思わず尋ね返してしまった。

高校の文化祭に訪ねて来る社会人や学生はほとんどがOB・OGで、また彼女も地元民だというからてっきりそのうちの一人だと思っていた。

彼女はあっけらかんと答える。

「うん。受けたんだけど見事に落ちちゃってさー」

途端に聞かなければよかったと靖貴は後悔した。笑うのも失礼だし、かと言って大仰に同情するのもなんだか変だ。なんと返せばいいのか分からずにいると、女性はにこやかな笑みを崩さずに続けた。

「その代わり、妹が今ここの三年生なんだけど」

と、いうことは自分と同級生だ。

……誰だろう。気にはなったが聞いたところで知らない可能性もある。女生徒は同学年だけでも軽く三桁《けた》はいるから、その全てを把握しきれるはずがなかった。

そうなんですか、と受け流そうとしたところで、後ろの入り口の方から、張りのある声が聞こえてきた。

「あっ、理彩《りさ》ちゃん！」

反射的にそちらを振り返ると、木村晋がその長い脚でずかずかとこちらに歩み寄ってきているところだった。

木村は女性のすぐ横に立つと、堪えきれずに出てしまったようなやに下がった表情で彼女のことを見下ろした。でれでれ、そんな擬音がぴったりくるような笑顔だ。

(てことは)

呆気にとられながら二人を見比べる。

(この人が北岡のお姉さん？)

『小さい頃から「リサちゃん、リサちゃん」ってうちのお姉ちゃん大好きでさ……』

以前北岡は木村についてそう語っていた。今木村はこの女性のことを「理彩ちゃん」と呼んでいたし、北岡の言う「うちのお姉ちゃん」＝この女性と考えて間違いはないだろう。

だけど俄《にわか》には信じられない。目の前にいる女の人は、どちらかというと控えめでおっとりとした感じで、派手で人を寄せ付けないオーラを出している北岡とは全く雰囲気が異なる。

顔もよく見ると細くて高い鼻梁《びりょう》や小さな顔の輪郭《りんかく》は共通している気がするが、姉の目は重ための奥二重だ。妹はぱっちりとした二重瞼が印象的だから、その辺が「似てない」と感じる大きな要因かもしれない。

木村が「こんなとこにいたんだ。探したよ」と少し愚痴っぽく言うと、北岡姉は「ごめんね。これ見たら連絡しようと思ってたんだ」と柔らかな口調で窘《たしな》めた。その短いやりとりで、木村が北岡姉に甘えきっていること、また彼女の方もそんな彼のことを憎からず思っていることが窺い知れた。

「あ、おおたきハーブ園だ。ここも小学校のとき遠足で行ったなぁ」

「えー、俺んとこは行かなかった。今度一緒に行こうよ」

パネルを見ながら二人はそんな会話を交わしている。靖貴は完全に蚊帳《かや》の外だった。

(なんか二人の世界ができてるな……)

何も自分の前で見せつけなくてもいいではないか。うちのとこでなんだよ、ケッ、と心の中で吐き捨てたところで、木村が「ああ、そうだ」といきなりこちらを振り向いた。

「理彩ちゃん、この人が飯島くんだよ」

突然話を振られて凍りつく。「この人が」と言うからには木村は自分のことを彼女に話したことがあるということだろう。

だけどクラスも違えば、ほとんど面識もないはずなのに……。混乱する靖貴に、北岡姉は「あーっ！」と何かを思い出したように声を上げた。

「あの球技大会の、頭にファウルボール受けた！」

その言葉で、一瞬のうちに顔が赤くなっていくのを感じた。木村め、何を彼女に喋っているんだ。そんな恥ずかしいことべらべらと言いふらさなくてもいいじゃないか。そりゃお前は颯爽《さっそう》と俺を助けたからカッコいいだろうけどよ……。

靖貴が俯いて木村への恨《うら》み辛《つら》みを声に出さずに唱《とな》えていると、急に視界へ北岡姉が割って入ってきた。

「偉いねぇ。女の子かばってケガするなんて」

「えっ……」

「それで、頭はもう大丈夫なの？」

「あ……、はい。全然なんともないです……」

予想外に褒められたことと顔の距離の近さにどぎまぎしてしまう。驚いて一歩後ずさるが、北岡姉はそれでも穏やかな笑みを保ったまま続けた。

「私もね、小さい頃すっごいトロくてケガとかたくさんしてたから気持ち分かるよ。この前も、車のドアに指はさんで病院行ったし」

「そう……ですか」

「お互い気をつけようねー」

言い終わるが早いか、木村が「リサちゃん、飯島くんは大丈夫だよ」と彼女の肩に手を置いてツッコんだ。

それをきっかけに、「ハハハ」と二人は笑い合った。そんな仲睦まじい様子を見て、靖貴はしみじみと感じ入った。

（北岡……、お前はこの人に敵わないよ）

見た目は妹の恵麻に分《ぶ》があるかもしれないが。だけどこの姉の人柄というか器の大きさはそれを補って余りあるものだろう。先ほども、自分がいたたまれない思いをしていたところで、彼女は自分自身の失敗談を話すことでそれを見事に流してくれた。なんというか、一緒にいる人の気持ちを楽にさせてくれる女性だ。木村が夢中になるのも分かる気がする。

妹である北岡の仏頂面を思い浮かべ、「あいつもこの人の十分の一ぐらいでもニコニコしてくれればいいのに」などと想像していたとき、木村に「そういえば」と言われて靖貴は我に返った。

「四時から体育館で軽音部のライブがあるんだけど」

「あ、ああ……」

「今年はギターとコーラスで参加するから、飯島くんもよければ観に来て」

コイツはギターも弾けるのか、とまたもや劣等感がちくりと刺激された。

だけど木村ぐらいのイケメンともなると、そっちの趣味がなくても笑いかけられるとちょっとドキドキしてしまう。おそらくこれは営業トークで、いろんな人に同じことを言ってると分かっていても、だ。

「分かった……。多分、行けると思う」

断り切れずに曖昧な了承の返事をすると、木村と北岡姉の二人は「ありがとう」「よかったね」と言い合ってまた笑った。

またもや心臓が早鐘を打ち出して、「落ち着け」と靖貴は自分に何度も言い聞かせた。

その後、店番を交代する時間になり、持ち場を離れて学校中をフラフラする（結局最後まで田村は帰って来なかった。予想はしていたので別に何とも思わなかった）。

歩き慣れた廊下を突き進んでいたところで、靖貴はふと気づいた。他の学校の文化祭にはほとんど行ったことがないので比較はできないのだが、何だか今日はやたらと女装をしている男との遭遇率が高い気がする。女装と一口に言ってもナース服やお姫様風のドレス、はたまた女子生徒に制服を借りて着てるだけのものなどまちまちで、クオリティもすね毛すら剃る気のない全体的に荒い感じの者から、化粧まで完璧にこなしている者まで千差万別だが。ともかく、あまりに頻繁《ひんぱん》に見かけるので同窓生の将来を軽く心配してしまった。

とりあえず克也の姿を探すと、彼は「CLUB・桃園」と看板の掛かった二年生の教室で、同級生の男子と共に麻雀に興じていた。誰だよこんなの許可したの、と思ったが、もともとこの高校は校風が緩いのが「ウリ」である。よく見ると別の卓では三年の学年主任が「ポン」だの「チー」だの言いながら他の大人に交じって牌《はい》を掻き混ぜていた。

克也に「彼女は遊びに来たりしないのか」と尋ねると、「向こうも今日文化祭なんだ」と即答された。その憂さを晴らすためか、克也はやたらとこのゲームにハマっているようである。麻雀のルールすら分からない靖貴は、半荘《ハンチャン》ほど見てその場から立ち去った。

再びお祭り騒ぎの中に身を落とす。軽く何かを摘《つ》まんだり、演劇やビデオ上映を観たり。仲のいいクラスメイトに誘われてアーケードゲームに参加するなどして過ごしているうちに、時間は駆け足で過ぎていった。

途中、久美子や北岡の姿も何度か見かけた。しかし久美子は北岡ではない中学時代の同級生と思《おぼ》しき生徒と喋っていたり、北岡は持田美優らと一緒だったりしていたので、特に彼女たちに話しかけるようなことはしなかった。

正午を過ぎて昼下がり頃になると、ピーク時よりは人が少なくなり、食べ物系の店などはちらほらと畳むところも出てきた。なんとも侘《わび》しいが、楽しい時間というのはいつか必ず終わりが来る。せめて今は、少しでも長くこの雰囲気を味わっていたいと考えていた。

靖貴は最後の店番をするべく、四階にある郷地研の展示教室へと向かった。

すると、そこでは四人の後輩たちが、ちぃばぁの着ぐるみを取り囲んで青い顔をして議論を重ねていた。

「でも、やっぱりそれはダメなんじゃ……。結構チラシも配ってるし」

「だけどよ、こんな時間になってわざわざこんなところまで誰か来るか？」

「どうかした？」と靖貴が尋ねると、後輩達は一斉に靖貴の方を振り向いた。

「あっ、飯島先輩！　聞いて下さいよ。これから最後の『ちぃばぁとの撮影会』の時間があるのに、誰も着ぐるみの中に入れる人がいないんです！」

「誰も？」

靖貴が問い返すと、女子生徒（仮にAとしておく）がうんうんと頷いた。彼女は、午前中にちぃばぁの中に入って歩き回っていた子だ。

「私は、これから演劇部の方の舞台があるから出られなくて。他の子とか先輩に連絡しても、全然つながんないんです」

じゃぁ、お前らは、と男子生徒二人（BとC）を見ると、彼らもまた困った顔をして答えた。

「僕たち、漫才大会の決勝が三時過ぎからあるんです！　プロの芸人さんも観に来てるし、絶対に負けられない戦いがそこにあるんです！」

残るDは……

「あたしは……、体力ないんで着ぐるみとかムリです……」

四人の視線が靖貴に集中する。声には出さないものの彼らの望んでいることがひしひしと伝わってきて、靖貴は深くため息をつきながら答えた。

「……分かった。俺がやるよ」

四人が手を叩き合って喜ぶ。その姿を見ながら、「お前ら、後で覚えてろよ」と呪いの言葉を呟くのを靖貴は忘れなかった。

「中は暑くて異常に蒸《む》している」とのことなので、靖貴はトイレの洗面台で眼鏡を外し、使い捨てのコンタクトに付け替えた。もともと水泳をするときのために作ったものだが、この前の球技大会で眼鏡を紛失しかけたことがあって以来、一応こちらも持って歩くようにしている。まさかこんなところで出番がやってくるとは思いもしなかった。

教室に戻ると「飯島先輩って素顔はイケメンなんですね」と後輩Dが口にした。今さらそんなことを言われてもお世辞にしか聞こえない。だけどあからさまにふてくされてみせるのも大人げないので、「よく言われる」と適当に流しておいた。

女の子二人を一旦追い出してから、制服のズボンと上を脱いでトランクス姿になった。それからTシャツだけを着ると、男の後輩に手伝ってもらって着ぐるみを装着した。

頭部をすっぽりと被る。中は汗の臭いが充満していて、思わず「クサっ！」と言いそうになってしまった。だが一分もしないうちにそれにも慣れてきた。ただ視界は非常に悪く、外の音も籠《こ》もって聞きづらい。しかも首の部分が見えないよう胴体部分とつなぎ合わせるので、簡単に脱ぎ着はできなさそうだ。

無事着替え終わったことを確認すると、四人は「ありがとうございました。それじゃよろしくお願いします」と靖貴に頭を下げた。そういえば演劇部かけもちじゃない方の女の子はなんの用があるんだろう、とも思ったが、ここにいてもらっても田村のように退屈な思いをさせるだけだろう。面倒なので全員まとめてそのまま送り出した。

靖貴はヤケになって、午前中の店番のときと同じように自分の音楽プレイヤーをラジカセにつなぐと、前回よりも大きな音で流し始めた。曲もどマイナーなものばかり選んだ。いっそのこと、もう誰も来なくていい。

そんな作戦が奏功《そうこう》したのか、適当にプレイリストにぶち込んでおいた「なんでこれが売れないのか理解できない曲ベスト5」が終わっても、ざっとパネルを流し見して行った中学生ぐらいの女の子がいた他は、望みどおり一人も郷地研のブースに来る者はいなかった。

音楽が鳴りやむと、以前に比べだいぶ外から聞こえる喧騒《けんそう》が少なくなっていることに気がついた。なんでだろう、と窓から校舎を見下ろすと、アスファルトの地面が黒く変色し、針葉樹の葉が濃く濡れそぼってきているのが見えた。

（雨だ――）

朝から微妙な天気だと思っていたが、とうとう降り出したようだ。

これはまずい、と途端に靖貴は焦り出す。郷地研部員の個人的な荷物は今ベランダに置いてあるから、このままではみんなの持ち物が濡れてしまう。しかもこの学校のベランダには、掃き出し窓が付いておらず非常に出入りがしにくい構造になっている（おそらく転落防止のためだろう）。つまりベランダに出るには腰高窓を乗り越えて行くしかないのだ。

ちぃばぁに入ったままでは動きづらいが、自分が行くしかあるまい。靖貴は窓を開け放すと、ちぃばぁの大きな頭が枠にひっかからないよう、慎重にベランダへと降り立った。

とりあえず雨に濡れないよう、しゃがみ込んで庇《ひさし》の手前側へと全員の荷物を移動させた。それじゃ女の子のカバンだけでも中に入れておくか、と合皮《ごうひ》っぽい茶色い通学バッグのストラップを掴んで、立ち上がって教室の中を覗き込んだ。

「……っ！」

驚きのあまり思わず窓枠に頭をぶつけてしまった。

誰もいないと思っていたそこには、見覚えのある女生徒が一人、さきほどまで靖貴が座っていた机に腰掛け、手にしたスマートフォンの画面を触りながら見つめていた。

北岡恵麻だ。久美子とも一緒でなければ、普段つるんでいるクラスメイトの姿も見あたらない。学校の中ではだいたいいつも誰かが彼女のそばにいるから、こんな風にひとりぼっちでいるのを見るのは非常に珍しい気がした。

一体何をしに来たのだろう。彼女は展示を見て回っている様子もなく、退屈そうに手の中のものを弄っているだけだった。どうしよう、と戸惑うこちらの存在に気づいた様子もなく、短いスカートから伸びる脚をゆっくりと組み替えた。

と、そのときだった。

「何やってんの？　つまんなそうだね」

突然教室の中に入ってきた若い男が、北岡に話しかけた。男は髪を短く刈り込んでいて、色も黒く、ダボっとした服の上からでもがっちりとした体格をしているのが見て取れた。

「いえ、人を待ってるんで」

「うん。じゃあさ、待ってる間だけでも、ちょっと一緒に遊ばない？」

北岡が慇懃《いんぎん》な態度を取っていることから、おそらくは知り合いではなくナンパだろう。ちぃばぁの頭部を被っているので聞きづらいが、窓を開けているのでかろうじてやりとりを追うことができた。

北岡は「いや、いいです」と遠慮をするが、その男は「ちょっとだけだからさ」と言って譲らない。

そのうちに男が北岡の腕を掴んで強引に彼女を連れ出そうとした。

これはいけない、と本能的に察知した。けれど男は腕っ節も強そうだし、万が一実力行使に出られたら絶対に敵わない。ただでさえ今は着ぐるみを着ていて不利なのに。

靖貴はふと手にしていたバッグに目を落とす。そのバッグには、手のひらよりも小さい楕円形のキーホルダーがくっついていた。防犯ベルだ。

案を思いつく。誰のかは知らないが、ちょっと貸してもらおう。これを引っこ抜いて手榴弾《しゅりゅうだん》よろしく投げ込めば、驚いて男もナンパどころではなくなるだろう。

意を決して立ち上がり、防犯ベルを抜く。

ピ、とけたたましい音が鳴りかけたとき、靖貴の目にもう一人見知らぬ男が映った。背の高い、上品そうな大人の男。靖貴は慌てて防犯ベルにピンを差し戻した。

「恵麻ちゃん、ごめん。待たせたね」

その男はもみ合っている状態の二人に近づくと、落ち着いた声でそう言った。

「平山《ひらやま》さん……」

北岡が驚きながら男の名前らしきものを呼んだ。平山、と呼ばれたその男はフッと口角を上げると、北岡の腕を掴んだままのナンパ男を見下ろした。

「申し訳ありません。この子が何かご迷惑でもおかけしましたか」

丁寧だが凄味を感じさせる口調。平山は優男《やさおとこ》風の外見だがその物腰には少しも隙がない。

雰囲気に怖じ気づいたのか、ナンパ男がゆっくりと北岡から手を離した。

「いや……。気のせいだった」

そう言い残すと、ナンパ男はすごすごと教室から出て行った。

男が去ってたっぷり十秒は経ってから、ようやくホッとした様子で平山が相好《そうごう》を崩した。

「ごめん。とっさのことだったから、連れのふりしちゃった」

「いいえ。ありがとうございます。助かりました」

……ということは、北岡が待っていたのは平山ではなく、彼は偶然通りかかっただけらしい。それにしても見事なお助けマンぶりだった。一部始終をただ見ることしかできなかった靖貴は舌を巻く思いだった。

だけど何か様子が妙だ。北岡は相変わらず緊張した表情のままだし、平山の方も何か言いたげに北岡の方をじっと見つめている。

「……元気そうでよかった」

「……はい」

「あんな風に別れたから、心配してたよ」

「気にしないで下さい。……あれからもう、三年も経ってるんですよ」

平山も北岡も、窓の外に立っている自分《ちぃばぁ》の存在にすでに気づいているようだが、着ぐるみを被っているのと窓枠に隔《へだ》てられていることがあってか、あまり会話を聞かれているという意識はないようだ。

なんだかシリアスな話になりそうだ。どう振る舞っていいか分からずにいると、ちょうどそのとき久々の（純粋な）来場者が現れ、これ幸いと窓枠を乗り越えてそちらに歩み寄った。

しかし悲しいかな、耳は勝手に二人の声を追ってしまう。来場者にデジカメを向けられてポーズを取りながらも、パネルとして使っているついたての後ろにいる二人のことが気に掛かってしょうがなかった。

「すっかり君も、大きくなったね」

「はい。もう高三ですから」

「進路はもう決めたの？」

「まだ……。でも環境系か、社会学にしようかと」

「そっか。じゃあ、音楽の道は諦めたんだね。君のフルート、すごく好きだったんだけど」

「……それで、食べていけるほどには、才能ないです」

北岡が重苦しく答える。彼女が器楽を嗜《たしな》んでいたとは知らなかった。よく聞こえない上に単語が専門的で全ては理解できないものの、二人がしばらく音楽について話しているのは分かった。あまり弾んでいる雰囲気ではなかったが、少なくとも普通に会話をしていた。

だけど平山がこう言った後、二人の間の空気が急に変わったのは感じ取れた。

「僕も……今度の春、結婚することになった」

北岡はすぐに言葉を紡ぐことができないようだった。平山は見たところ二十代中盤だろうから、少し早いけれどおかしくはない話だと思うのだが。

手を振って来場者を見送りながら、靖貴は注意深く耳を欹《そばだ》てた。

「……そうですか。おめでとうございます」

もともと元気のなかった北岡の声は、さらに低く沈んでいた。祝福というより、お悔やみの言葉を告げるときのようなトーンだ

「それで……、君に式で何か一曲やってもらいたかったんだけど。……無理かな」

「もう三年も触ってないんで……、できません」

途切れがちになりながらも、北岡はそう言い切った。

「ごめんなさい」

「そっか。変なこと言ってごめん」

平山があっさりと引き下がると、ついたての下に見えていた平山の脚と北岡のそれとの間に距離ができた。

「じゃ、恵麻ちゃん。元気でね」

「平山さんも、お元気で」

「うん。偶然だけど会えてよかった。……受験もがんばって」

教室から平山が出て行く。それと入れ替わりになるように、三人組の小学生がダーッと流れ込んできてちぃばぁの姿をした靖貴を取り囲んだ。

「おい、うさぎ！　アメくれよ！」

「なんだこれ、うしろにチャックついてねーぞ。どうやって入るんだ？」

急に騒々しくなったので戸惑った。彼らは、口々に勝手なことを言ってはベタベタと体を触ってくる。その間に北岡も、重い足取りで出入り口の方へと向かっていっているのが見えた。

「うぉら！」

子供のうちの一人が背後で叫ぶ。その瞬間、下半身のバランスを崩し前側に倒れ込んだ。やられた、膝カックンだ。

突然のことに手を突くこともできずに床に倒れ伏す。起こしたら怒られると思ったのか、小学生たちは「キャハハ」と笑い声を上げながら靖貴を残して逃げてしまった。

北岡はというと、ちぃばぁのことなど構っている余裕はないのか、こちらを振り返ることもせずに消えていった。

一度倒れると、頭が重い分立ち上がるのが大変だ。しかも頭部と肘、それと膝を床で打ってしまって、まだじんじんと痺れている。

誰もいない教室で情けなく寝っ転がったまま、靖貴はくらくらする頭で思った。

（さっきの話……俺が聞いてよかったんだろうか）

いつも勝ち気な北岡の、弱々しく辛そうな声。「あの二人に何があったのか」なんて想像すらしたくなかった。

（あーあ……）

面倒くさいけどそろそろ立ち上がろうか、と手足を引き寄せたところで、俯せになった靖貴の頭上からどこかで聞いたことのあるような声がした。

「あっ、ちぃばぁ《ちぃばぁ》」

ゆっくりと体の向きを変えると、来客用のスリッパと細身のジーンズがまず目に入った。そこからだんだんと目線を上げていくと、長いカーディガンを羽織ったボブカットの女の子が心配そうにこちらを眺めていた。

久美子だ。よりによってこんなところに見られるなんて、なんて自分は無様《ぶざま》なんだろう。靖貴は蒸し暑い着ぐるみの中で、自分の体がさらに火照《ほて》っていくのを感じた。

「大丈夫？」

久美子が手をさしのべて来たので、それに掴まりながら立ち上がる。ＯＢから「ちいばぁのイメージを崩さないよう、部員以外の者とは喋らないように」と言付けられているので、何度も無言でぺこぺこ頭を下げた。久美子は「大変だったね」と苦笑いして、さらにこちらに向かって尋ねた。

「ここって、郷土地理研究会のブースだよね」

一回大きく頷く。

「飯島くん……ってか飯島先輩かな？　彼がどこいるか分かる？」

その聞き方で靖貴は気づいた。久美子は中にいるのが当の「飯島くん」であるとは全く思っていないらしい。朝に会ったとき自分が「一、二年が交代で入る」と説明したからだ。

よかった。ちょうどいいからここは他人のフリをさせてもらおう。変なところで見栄っ張りな靖貴は、「分からない」とばかりにぶんぶんと首を振ってみせた。

「そっかー……。それじゃ、朝私といっしょにいた髪の長い子見なかった？」

それはきっと北岡のことだ。つい今しがた出て行ったばかりなのだが、すれちがったりはしなかったのか。

しかし「見た」と伝えたら、教室の中で平山と会っていたことを後ほど久美子にも知られてしまうかもかもしれない。あれは、いくら友達であれど知られたくない類の邂逅《かいこう》だろう。

靖貴はちぃばぁの右の頬に手を添えて、首を傾げてとぼけて見せた。

すると、久美子が腕時計を見て、独り言のように呟いた。

「どうしよう……。そろそろライブが始まる時間なんだけど」

ふと教室の上に掲げられたアナログ時計を振り返ると、時計の短針は「四」の近くを、長針は「九」を少し過ぎたあたり指していた。木村にも「四時からライブやるから来て」と誘われたから、久美子の言っているライブとはおそらくそれのことで、北岡は久美子と一緒に観に行く予定だったのだろう。

やっぱり嘘つかないで素直に教えてあげればよかったかな、と少し後悔して久美子の方を向き直ると、彼女はこちらの目を覗き込むようにして近づいてきた。

「見かけたら、その子に体育館に来るように伝えておいてもらっていいかな。紙かなんかある？」

久美子が何かを書くような仕草をしたので、すぐにアンケート用に設置しておいたボールペンと、割烹着のポケットに入れっぱなしだったチラシの裏を差し出した。

『体育館で待ってるよ　くみこ』

整った楷書《かいしょ》でそう書き付けると、久美子は「よろしくね」と言ってちぃばぁの肩を叩いた。

親指だけ離れた手で、「ＯＫ」のサインをまねて○を作って見せる。すると久美子は安心したように笑って、ちぃばぁに手を振り教室を出て行ってしまった。

郷地研が使っている三年B組の教室の隣は（もちろん）三年A組で、A組も文化祭に不参加のため、今は誰もおらずガランとしている。

そしてA組の前が西側の階段となっている。「ちぃばぁとの撮影会」の時間も無事……というかほぼ来客ナシで終わり、ちぃばぁの靖貴は解放された気分で一息ついた。

喉が渇いた。何か飲みたい。財布の中からどうにか一〇〇円だけ取り出し、一階にある自動販売機へと向かう。

が、四階と三階の間の踊り場あたりで、靖貴は自分の間違いに気づいた。ちぃばぁの姿では飲み物も飲めない。一人では脱ぎ着できない構造になっていることをすっかり忘れていた。

徒労感と己《おのれ》のアホさ加減にがっくりしながら、背を翻して階段を登り始める。

そして、四階に着いたところで、どこからともなく響く不審な物音を耳が感知してしまったのだ。

ううっ……、え……っ、というようなすすり泣き。四階の上の屋上へと続く階段の方から聞こえてくるようだ。だけど現在屋上は基本的に閉鎖されていて、自由に出入りはできない。数年前に世を儚《はかな》んだ女生徒が、屋上から飛び降りしたという噂がまことしやかに囁かれている。

普段は霊感なんて全然ないのに、しかもちぃばぁを被っているから音が聞こえづらいはずのに。なんでこんなものに限って聞こえてしまうんだろう、と靖貴は自分自身の運の悪さを嘆いた。

だけど霊なんているはずがない。それを確かめるため、勇気を奮《ふる》い立たせて屋上へと続く階段を登った。

踊り場を折り返したところで、狭い視界の中に意外なものが映って、靖貴は思わず息を呑んで引き返した。

そこにいたのは幽霊ではなく――

(北岡――)

先ほど久美子が一生懸命になって探していた女の子は、階段に腰掛けて、声を押し殺して静かに泣いていた。

どうしよう、と軽くパニックに陥《おちい》る。北岡は俯いていたので靖貴《ちぃばぁ》がやって来たことに気づいてない。今なら見なかったことにして立ち去ることもできる。

だけど彼女がここにいるということは、久美子はきっと待ちぼうけになっているというわけで……。泣いたまま行くわけにもいかないだろうが、なるべくなら早く駆けつけた方がいい。

それに、あの子が悲しんでいるのは放っておけない。理由なんて分からない。もしかしたらあの合宿での出来事を思い出してしまうからかもしれない。でもとにかく彼女の悲痛な泣き声を聞いているだけで、自分の心がざわざわと落ち着かなくなってくるのだ。

自分がもし今、「飯島靖貴」の姿をしていたら出て行けない。クラスメイトのオタク男に泣いているところを見られるなんて、彼女のプライドをいたく傷つけてしまうだろう。

でも彼女が大好きなちぃばぁだったらきっといける。割烹着のポケットをごそりとまさぐると、中には、チラシが数枚と、さっき久美子から返してもらったアンケート用のボールペン、それと子供に配る用の飴が入っていた。

しゃがみ込んでチラシの裏にペンを走らせる。ぬいぐるみ越しなので、いびつな字になってしまった。

靖貴は意を決して階段を登ると、その一番上で膝を抱えて俯く女の子の肩を優しく叩いた。

北岡がビクッとしてこちらを見上げる。靖貴はゆっくりと首を横に傾けて、彼女に向かってチラシと、もう一つ手の中にあったものを差し出した。

『元気の出る飴だよ。よかったら食べて』

「あ……」

北岡はチラシと飴玉を受け取って書かれていたことを読むと、そう呟いてまた膝元に視線を落とした。

ひっく、ひっくとしゃくり上げ出す。しばらくすると先ほどまでよりも大きな声で、顔も隠さずに泣き始めてしまった。

靖貴は立ち去ることもできずに、北岡の横に並んで座った。「よしよし」とでも言うように背中を撫でるように叩いてやる。

これだけ盛大に泣いていたら誰かに気づかれるんじゃないかな……とも思ったが、もともと人通りの少ない上層階の端っこまで好きこのんで来るような輩はいないだろう。靖貴は北岡の気が済むまで、泣かせてやることにした。

どれくらいそうしていたかは分からないが、ひとしきり声を上げて涙を流すと、いくらか彼女の気分も落ち着いて来たようだ。手元に握っていたタオルで目元を拭って、北岡は顔を上げて呟いた。

「ごめんね……」

謝られるようなことなんて特に何もしていないが。ちぃばぁの首を振って答えると、北岡はこちらを見てはにかんだ。その表情は、靖貴にとって初めて目にするものだった。

ポケットの中から余っていたチラシを取り出し、その辺にあった板きれを膝に載せて台にして、ボールペンで文字を書いた。

『何かあったの？』

北岡はそれを読むと、自分の膝に肘を突いて、まだ涙でうるんでいる瞳をこちらに向けた。

「ちぃばぁは、女の子？　男の子？」

中《自分》の人の性別を聞かれているとは分かっていたが、本当のことは下心が見透かされそうで答えられない。

『いちおう、女』

上手くペンが握れないが、なるべく女の子の筆跡を真似てそう答える。ちぃばぁは「おばあさん」だから、間違ったことは書いてない。

すると北岡は、こちらが女の子だと信じたのか、それともそれ以上追及する気をなくしたのか、フッと気が抜けたように目尻を下げた。

彼女はさきほど渡した飴の包みを開けると、それを柔らかそうな唇の間に放り込んだ。

「さっき、郷地研の教室で、あたし男の人と話してたでしょ」

飴をなめながら、ゆっくりとそう語る。

うん、と頷いて相づちを打つと、自らを苛《さいな》むように苦く笑って続けた。

「あの人のこと、昔ずっと好きだったんだ」

ぎゅう、と胸が痛くなる。まぁ、なんとなくそうじゃないかとは思ってはいたけれど。本人の口から直接告げられるのは考えていた以上に衝撃が大きかった。

靖貴《ちぃばぁ》が何も反応できずにいる間にも、堰を切ったように北岡は続ける。

「あたし、中学校のとき吹奏楽部で。あの人は当時大学生で、顧問の先生の知り合いだったから、たまに指導に来てくれたんだ。ちなみに、あの人もうちの高校出身なんだけど」

だから今日来ていたのか、と納得する。そして、高校に入って彼女が部活に入らなかった理由も。

中学のときに、おそらく恋愛や友達関係を含めて部内でいろいろあったのだろう。その痛い経験があるから、部活というものを避けていた。そうではないだろうか。

「話とか真面目に聞いてくれるしかっこいいし、それでいて言ってることなんかすごい的確だし。他の子と一緒にキャーキャー言ってるうちに、いつの間にか本気で好きになってた」

確かに平山は格好よかった。木村のようにパッと目を引く分かりやすいイケメンではないが、清潔感があってこざっぱりとしていて、しかも大人で頼りになるといったら、女の子が定期的に接していれば恋に落ちても不思議ではないだろう。悔しいけれど。

(悔しい……って)

自分の心が感じたことに、改めてツッコミを入れる。だけど北岡を窮地から見事に救ったあの男に劣等感を覚えたのは確かだし、正直嫉妬《しっと》もしている。それはもう動かしようのない事実だった。

はぁ、と北岡が軽くため息をついた。

「でも、告白したらあっさりフラれちゃったんだけどね」

……そんなにさらりと流してしまえることなのだろうか。

先ほど再会したときの重苦しい雰囲気、気遣いの言葉。何か一悶着《ひともんちゃく》あったに違いないと思わせるに十分だった。少なくとも、後腐《あとくさ》れなく綺麗に別れたとは全く思えない。

訝《いぶか》るちぃばぁの靖貴に、北岡は気丈にも明るく笑って言った。

「もうずいぶん昔の話だし、自分でも吹っ切れてると思ってたんだけど、でも久々に会ったらあのときの出来事とか、好きだった気持ちとかいろいろ思い出しちゃって」

自分はまともに恋をしたことがないからよく分からない。だけど、本気で身を焦がすような恋に落ちてしまったら、いくらその人との縁が切れてもどれだけの年数が経っても、完全に忘れ去ることなどできないとは予測がつく。それが、思春期の頃の恋であればなおさらだ。オールも持たないままに荒れ狂う海に投げ出されて、一生治らない傷を負うようなものだ。

深く頷いてみせると、北岡は声を上擦らせた。

「それなのに、あの人結婚するとか言うから、なんか、辛くなっちゃって……」

分かる。好きだった人が決定的に自分のものではなくなる。それがどんなに絶望するものか、鈍い靖貴でも想像するだけで苦しくなってきた。北岡のように喜怒哀楽の激しい人間であれば言わずもがな、だろう。

それでも彼女は、彼に心配させないよう「おめでとう」と言ってみせた。泣き出しそうになるのを堪えて。さぞかし、大変だったはずだ。

靖貴は膝の上にあるチラシの余白に、さらさらと書き足した。

『よくがんばったね』

それを見た途端、北岡の両目から再び涙が溢れ出した。今度は声は立てない。だけど長い睫毛《まつげ》に縁取《ふちど》られた大きな瞳から、透き通ったものがぽろぽろと零《こぼ》れ落ちていく。

「あたし、がんばったかなぁ」

涙を拭いながら聞かれたので、もちろん、とばかりに何度も首を縦に振る。

痛々しく、心細く、寂しそうな態度。こういった一面は普段は隠しているのだろう。

そんな彼女の信頼に、なんとか応えたいと靖貴は頭を捻った。

『それじゃ周りにももっと、目を向けてみたら？』

平山と同じ人はいないかもしれないが。だけど今の彼女の周辺にも、きっと彼女のことを強く想ってくれている人間がいるはずだ。……例えば、同じクラスの中にとか。

『新しい恋すれば、フラれたことなんて忘れちゃうよ！』

すると北岡は、急に涙をぴたっと止めて吹き出した。

「おもしろいこと言うね」

……そこまでウケるようなことだろうか。というか、「新しい恋すれば～」なんて使い古された常套句《じょうとうく》だし、今まで彼女だって一度は耳にしたことがあると思うのだが。

だけど笑ってくれてよかった。作り笑いはさっきもしていたけど、心から楽しそうな顔はやっぱり違う。

首を左右に傾げて垂れ下がった耳を揺らして見せると、北岡は機嫌よさそうに表情を崩し、両膝を胸元で引き寄せて抱え、その膝の上に顎を乗せた(真正面から見たらかなり危ないポーズだ。横からだから何も見えないけど)。

そして脚をばたつかせると、少し照れたように目を逸らして言った。

「でも実は、もう他に好きっていうか、ちょっと気になってる人はいるよ」

え……っ、と靖貴は戸惑った。北岡とは週に一度は話しているが、そういう色っぽい話は全く出てきていない。

自分が男だから、とか、大して仲よくないから、とか。いろいろ理由は考えられるが、それでも彼女から恋をしている女の子にありがちな、浮ついた感じや何かに悩んでいるような雰囲気は今まで全然出ていなかった。第一他に狙っている男がいる女の子が、ただのクラスメイトとはいえ、異性を誘って一緒に帰るだろうか。

ショックも確かに感じていたが、それよりも驚きのほうが遙かに勝《まさ》った。そして好奇心から、思わずこんなことを紙に書いて尋ねてしまった。

『どんな人？』

北岡は少し考え込むように首を捻ると、言葉を選ぶように慎重に答えた。

「うーんとね……。ちょっと変な人……かな？」

その返答は靖貴にとって予想外なものだった。「かっこいい」とか「大人っぽい」とかだったらともかく、ほのかな好意を寄せている相手を「変」と形容することがあるだろうか。

『変なの？』と即座に尋ね返すと、北岡はちょっと決まり悪そうに眉を顰めた。

「う……ん。変だね。変。多分頭は悪くないと思うんだけど、微妙に空気が読めないっていうか。『えっ、そこでそういうこと言うの？』みたいな意外なこと言うから、話してるとたまにすごいビックリする」

困った顔で語るが、表情とは裏腹に声にはほのかな嬉しさが滲んでいた。

じり、と肋《あばら》の裏あたりが捩《よじ》れる。どんな男がそのように北岡の心を弄んでいるのか、一回でいいから見てみたいと思った。……見たからといって、どうするわけでもないのだけれど。

『学校の人？』

ストレートな質問を紙に書くと、北岡は一瞬躊躇ったのち、控えめに首を振った。

「たぶん……、みんな知らない人だと思う」

北岡の答えに、意外なほどに打ちのめされた。彼女の学校外の関係など自分が知り得るはずもないし、また自分ではないことがはっきりしてしまったからだろう。最初から期待なんてしてなかったつもりなのに、久美子にけしかけられたこともあり、どこかで微かに「もしかしたら……」なんて思っていたのかもしれない。本当に、自分はバカだった。

しかしちぃばぁの皮を被っているこちらの感情など、北岡には伝わるわけもない。落ち込む靖貴とは反対に、北岡は照れながらも続けた。

「ホント、何考えてるか全然分かんなくて、その人が大人しい方が好きかなって思って髪型とか変えたりしたのに、会ってもほぼスルーだし。そのくせ、お世辞だかなんだか知らないけど、いきなり『かわいい』とか言ってくるし。意味不明すぎて、でも一緒にいて楽しかったり、なんか、いつもドキドキする」

自分で尋ねておきながら、これ以上は聞いていられないと思った。よく分からない男だ。話を聞けば聞くほど、なんでそいつがいいんだろうか、と。そんな男なんか止めておけ、としか思えない。

だけど……、それこそ大きなお世話だ。この子が誰を好いていようと本人の自由だ。自分が口出しする権利もなければ、理由もない。

靖貴が黙り込んでいる間に、北岡は膝の間に顔を埋めて、そして呟いた。

「でも……、ホントに全然あたしに興味ないっぽくて、ちょっと心が折れそうだよ」

自虐的で悲しげな響きに、ギリギリと胸が締め付けられるように痛くなった。

悔しくて、切なくて、もうどうしようもない。けれど、きっと彼女の方が何倍も辛いはずだ。

靖貴は紙を三枚に分けて少しずつ文章を書くと、うずくまる北岡の肩をぽんと叩いた。

顔を上げた北岡に一枚目差し出す。

『大丈夫』飯島靖貴《　》
自分としては、こんなことは言いたくないのが本音だった。

それなのに、「ちぃばぁ」として話を聞いているうちに、彼女の気持ちも分かるようになってしまった。彼女のかつての恋は完全に潰《つい》えてしまったけれど、せめて今の想いには望みをつなげてあげたい。……本当にぶっちゃけてしまえば、やっぱり嫌だけど。でも彼女の沈んだ姿はこれ以上見ていられなかった。

次は二枚目。

『君は本当にかわいいから、その人もきっと君のこと好きになるよ』

天使役のあの女優のように、可憐《かれん》で愛らしい北岡。その気になれば、大抵の男はあっさり参ってしまうだろう。ずっと苦手だと思っていたけど、それは認めざるを得なかった。もしかしたらあの平山だって、今の彼女の姿を見て振ったことを後悔しているかもしれない。……これは、あくまで想像でしかないが。

そして最後の紙を彼女に手渡す。

『がんばって』

それを読んだ瞬間、北岡はこちらを振り返り、首を傾げて口元をほころばせた。長い髪がさらりと揺れた。

「ありがとう」

初めて向けられた、素直な謝礼の言葉と、偽《いつわ》りのない笑顔。それは、かつて靖貴が決して拝《おが》むことはないと思っていたものだった。

心拍数が上がって、息が苦しくなる。今の自分は、自分であって自分ではない。北岡の目に映っているのも、自分自身ではなくちぃばぁだ。だからこんな表情が自然に出てくるのだ。

――でも今の時間だけ、許されることもある。自分の姿ではやってはいけないと抑えつけていたことも、ちぃばぁの姿を借りてならばできるかもしれない。

虚構《ウソ》と真実《ほんね》の間でわけが分からなくなってくる。靖貴は衝動の赴《おもむ》くままに北岡の肩に手を回すと、彼女の体を腕の中に抱きしめていた。

「えっ……、ちぃばぁ?」

肩の辺りから、戸惑ったような声がした。それでも構わず、着ぐるみ越しに薄い背中を掻き抱《いだ》く。想像していたよりもずっと細くて頼りない。

(北岡……)

あまりくっつくと、中身《じぶん》が男であることがバレてしまう。だから力を入れすぎないように、感情に流されながらもどこか心にブレーキをかけて抱擁《ほうよう》をした。

表向きは「がんばれ」の激励を込めて。だけど、本当は――

「あったかいね」

北岡がこちらを抱き返して背中を「ポンポン」と叩いた。もう大丈夫だよ、そう言《げん》外《がい》に告げられているようで、靖貴はおずおずと彼女から離れた。

「そろそろ行くね」

北岡が立ち上がって、制服のスカートの後ろを払って気合を入れた。その顔に悲壮感はもう滲んでいない。今さっきまで泣いていたことが嘘のようだ。

そういえば、久美子が体育館で彼女のことを待っているんだった。あれからだいぶ時間が経ってしまったが、まだ間に合うだろうか。どう告げようか懸案しているうちに、北岡はとことこと階段を下り、ちぃばぁの膝のあたりまで下った位置で急に振り返った。

「さっきのことは、誰にも言っちゃダメだよ」

人差し指を口の前に当てたいたずらっぽい仕草で、首を傾げてにやりとする。靖貴は残り少なくなったチラシの裏になるべく大きな字で書き付けた。

『ぜったい言わないから、安心して』

顔の前でそれを拡げて見せると、北岡はフフッと楽しそうに目を細めた。もう一枚、ささっと殴り書きに近い字でペンを走らせる。

『また、会おうね！』

北岡が「うん！」と満面の笑みで答える。

「ありがと、ちぃばぁ！　またね！」

にこにこと手を振りながら階段を下りていく。靖貴もそれに手を振って応えていたが、彼女の姿が踊り場を過ぎて完全に見えなくなると、深いため息をつきながら階段の後ろに倒れ込んだ。

「何やってんだ、俺……」

着ぐるみの中で小声で呟く。ポケットは大量に消費されたチラシで膨らんでいる。糸が切れたような脱力感といかんともしがたい羞恥心から、靖貴はしばらくその姿勢のまま動けなかった。

気力が多少回復してきてから、靖貴は郷地研の持ち場である三年B組の教室へと向かった。

教室の少し手前から、大音量で音楽が聞こえていた。おそらく学内では自分しか知り得ないようなマイナー曲。

何事かと思って教室に入ると、同級生の田村ななみがラジカセの前にいて、靖貴の音楽プレイヤーを勝手に弄っていた。

ぽん、と田村の肩を叩く。別に自分の許可なくプレイヤーを使っていたことを咎《とが》めたいわけでなく、（第一靖貴はすっかりその存在を忘れていた）もっと他のお願いだ。

「たむ、ちょっとこれ脱ぐの手伝って」

「え、その声ってめっしー？」

田村は靖貴《ちぃばぁ》を振り返ると、驚きに目を見開いた。

首を大きく縦に振る。すると、田村は腹を抱えんばかりの勢いで爆笑し出した。

「ちょ、なんでめっしーが中入ってんの？」

「いろいろ止《や》むに止まれぬ事情があるんだよ」

若干苛ついてそう答えると、田村は引き笑いを続けながらも、首の後ろのジョイント部分を外してくれた。

田村に頭部を持ってもらいながら、ゆっくりと首を引き抜く。久々にやってきた開放感に、大きく息を吸い込む。少しひんやりとした空気が気持ちいい。髪は汗でこめかみに張り付いていた。

次は胴体部分を脱皮しようと、着ぐるみを腰のあたりまで下ろした。と、そこで靖貴はふと気づいた。

「あ、やべパンツ……」

女の子はジャージの上から着ていたりしたようだが、暑いのがイヤな靖貴はパンツの上から直接着ぐるみを着ていたことを思い出した（ちなみにトランクス派だ）。目の前に同級生の女子がいるのに、このまま着替えるのはセクハラだろうか。

躊躇う靖貴に、田村はげんなりとして答える。

「今さら野郎のパンツの一つや二つ、見たってなんとも思わないよ。いいから、早く脱いじゃいなよ」

言われてみれば、中学時代もクラスの男子全員でパンイチになって運動会で踊ったり写真を撮り合ったりしていた。だから田村にとって、こんなのは屁でもないことなのだろう。

それでも一応気を遣ってくれているのか、靖貴が自分のズボンを探してうろうろしている間、田村はちぃばぁの頭部を被って「マジ殺人的なクサさだな」などと言って遊んでいた。

着替え終わると、汗を拭きながら靖貴は田村に尋ねた。

「たむって、今まで何やってたの？」

「えー？　つまんないから一人で漫喫行ってきた。勉強するっていうテンションじゃないし、ちょうど読みたいヤツが溜まってたからさ。三時間ガッツリ元取ってきた」

事もなげにそう答える田村に、靖貴は面食らってしまった。

「……その格好で？」

田村は制服のスカートに、長袖の黒い薄手のシャツ、そしてその上にはブルーの郷地研Tシャツを着ている。学校内だったらともかく、外でそのTシャツはさすがにどうかと思うのだが。

「悪い？　上にパーカー羽織ってたから分かんないよ」

堂々とそう言い切られて、靖貴は呆れるを通り越して逆に感心してしまった。さすがは我が道を行く田村だ。大体、文化祭がつまらないからといって学校を抜け出し、一人でフラフラするあたりからして普通じゃない。

「で、今戻ってきたばっかり？」

「うん。焼き肉に合わせて帰ってきた」

あっさりと頷く。文化祭は五時に終わるのだが、その後はOBのおごりで、郷地研メンバー全員で焼き肉を食べに行くということになっている。田村なんて文化祭や集まりにはほとんど顔を出さなかったくせに。現金というか分かりやすいというか。どうかと思う部分もあるが、逆にそこが頼もしくもある。靖貴はふてぶてしくポケットに手を突っ込んでいる田村に向かって手を合わせて低頭した。

「あのさ、頼みがあるんだけど」

「なに、いきなり」

「この三十分は、たむがちぃばぁ着てたってことにしておいてくんない？」

靖貴の要請に、田村は思いっきり怪訝そうに「はぁ？」と口元を歪めた。

「なんで？　まさかアンタ何かやらかした……」

「違うって。実はさっきちょっと会いたくないやつに会っちゃって。そいつに『飯島はどこだ』って聞かれてすっとぼけたから、中に入ってたとかバレると都合悪くてさ」

なんとなく合っているような嘘のような、微妙な言い訳を口にする。口調を変えていたり登場人物をいろいろと省略したりしているが、大筋では同じようなものだし、まぁありがちなシチュエーションではあると思う。

田村は身長が靖貴とほとんど変わらない上に骨格ががっしりしていて、武道の嗜みがあるらしく力も強い。そして余計なお世話だが胸もあんまりないから、身代わりにはうってつけの人材だ。

すると田村にも言わんとすることが伝わったようで、彼女は納得したように軽く頷いてから呟いた。

「……いいけど、私結構口軽いよ」

自分で自分のことを「口が軽い」などという人間には初めてお目にかかった。これは一種の恐喝だろうか。

靖貴はため息をつくと、田村の肩に手を乗せ、声を潜めて囁いた。

「そしたら、今度『みまつ』のラーメンおごる。だから、誰に何聞かれても、そういうことにしといてほしいんだ」

みまつ、とは靖貴と田村の家の中間ぐらいにあるラーメン屋で、雑誌の特集になどもよく取り上げられる名店だ。そこの定番メニューである塩ラーメンのことを、田村は以前好物の一つとして挙げていた。

田村がにやりとして答える。

「ああ、じゃあ分かった。大盛り煮卵入りでいくからね」

取引成立、とばかりにお互い拳を握り、それをごつんと合わせる。

と、そこで突如背後から「あれー」という声がした。

「なに二人でこそこそしてるんですか？」

振り返ると漫才大会を終えたらしい後輩のBが立っていて、靖貴と田村の顔を交互に見比べていた。

「いや、なんでもない」

慌てて田村から離れて弁明すると、後輩Bは見知り顔でこちらに近寄ってきた。

「隠すあたりが逆にあやしいなぁ……」

「バカ言ってんじゃないよ。あんた、私のことが好きだからってジェラってんの？」

ぴしゃりと言い返した田村に、後輩Bは「とんでもないッス」と急に怖じ気づいたように後ずさった。

上手くごまかせた、と靖貴はほっと胸をなで下ろす。

そうこうしてるうちに、続々と部員が教室に集まり出してきた。

後かたづけ、ゴミ拾い、清掃などを行い、全てが終わる頃には日もとっぷりと暮れていた。

祭の終焉《しゅうえん》は、案外呆気ないものだった。


徒歩で駅近くの焼肉店までぞろぞろと移動する。参加したのは部員全員と数名のＯＢ・ＯＧ、それに顧問の教諭と意外にも賑やかな会となった。

靖貴ら三年生は、この文化祭でいよいよ本格的に引退となるので、食べる前に「お別れの言葉」のようなものを一人ずつ皆の前で言わされた。

「……いろいろあったけど、今まで楽しかったです」

そんな適当なセリフで靖貴が締めくくったところで、乾杯の音頭と相成った。

主役が高校生なので酒は出ないが、終始がやがやとしたムードで会は進む。高校生たちは遠慮のかけらも見せずに肉やら飲み物を注文していたが、ＯＢたちは気を害することもなく「もっと食べろ」と言っていて、「さすが社会人の財力は違うな」と感心してしまった。

賑々《にぎにぎ》しい時間はあっという間に過ぎ、解散となる。外はすっかり暗く、吹く風は冷たい。靖貴は田村や方面が同じその他の後輩三人と、一緒の電車に乗った。

電車に乗っている間も笑い声は絶えない。誰かがとんちんかんなことを口にすると、すかさず田村がツッコむ。この図式は、二年半イヤというほど目にした光景だ。

電車が降りる駅に近づいて、だんだんと減速し始めた頃だった。窓の外を眺めていた田村が唐突にぼそりと呟いた。

「これでいよいよ引退かぁ」

その一言で、一団が妙にしんみりとした空気になる。今まで紛れていた気が再び重くなりそうだったので、靖貴は無理矢理笑って「これからは、受験勉強がんばんねーとな」と口にした。

家に着くと汗と煙の匂いが染みついている体を風呂でさっそく洗い流した。暖かい湯船に浸かっていると、気持ちも落ち着いてくるようだった。

風呂から上がった後は、すぐに自室に向かった。疲れたから今日は何もしないで寝ることにした。

しかし布団に入る直前に、朝に久美子からもらったCD‐ROMの存在を思い出した。

一応後でお礼のメールを書いた方がいいだろう。そのためにも、一度中身を見ておく必要がある。靖貴は起き上がってパソコンを起動させると、USBにディスクドライブをつないで、トレイにそっとCD‐ROMを置いた。

かちかち、とダブルクリックしてディスクを開く。中には数十曲のMP3ファイルがフォルダ分けもされずにずらっと並んでいた。

（こりゃ、全部確認するの大変そうだな……）

そう苦笑しながらスクロールさせていく。すると、一番最後に「E」と名付けられたフォルダがあるのを発見した。

なんだろう、と疑問に思いつつそれをクリックする。フォルダの最初のファイルを開いてみると、出てきたのは中学生ぐらいの女の子四人が、テーマパークの入り口付近でピースサインをしている写真だった。

一番右の背の高い子はきっと久美子だ。その隣にいるのは——

（北岡だ……）

髪も黒いし化粧もしてないからだいぶ印象が異なるけれど。でもこの大きな目と細い輪郭は間違いない。今では滅多に拝むことができない快活で屈託のない笑顔は、今日「ちぃばぁ」を見て喜んでいたのと全く変わりがなかった。

写真を次々に表示させていく。制服姿の授業風景、ジャージ姿で何やら作業してぃるもの、どこまでも広がる海を背にしているもの、美味しそうにパフェを食べているもの……。場面も時期もまちまちで、多数の人間が写り込んでいたり、その逆に人がいなかったりと統一感がなかったが、そのほとんどのどこかに昔の北岡の姿があって、気がつくと自分はそれを探していた。

今よりも幼くて小さい北岡は、元気いっぱいの可愛らしさに溢れていた。そして、その姿が目に入るたびに、心臓はどくんと大きく波打った。

最後まで見終わる頃には、胸が背中の方まで痛くて、体中がじんじんと痺れてきた。うっかり泣きそうになってしまって、恥ずかしくなり椅子の上で膝を抱えた。

(俺は……)

ちらりと顔を上げると、中学生の北岡が卒業証書を持って、久美子と並んで立っている写真が液晶画面に表示されている。それは、靖貴が彼女に出会うほんの数週間前の写真だった。

……最初から、初めて見たときからかわいいと思っていた。でもすぐに資料集の件があって距離を置いた。ずっと、彼女は鼻持ちならないと、違う世界に住む人間だと決めつけて諦めていた。

だけど、ちょこちょこと学校の外で話すようになって、彼女が自分と同じように笑ったり怒ったりすると知った。もっと彼女と同じ時間を共有したいと、週に一度の予備校の帰りが待ち遠しくて仕方がなくなった。でもそれも、「自分は女の子に慣れていないから」だと、別に彼女が特別なんじゃないと思いこもうとしていた。

そうじゃないことに気づいたのは、この前の水曜日だ。寝ている北岡に電車の中で寄っかかられたとき、ドキドキするあまり体が震えそうだった。きっと、他の子に同じことをされても、こんな風にはならない。自分の降りる駅が近づいても動きたくなくて、いっそのこと乗り過ごしてしまおうかと何度も思った。結局、駅に着く直前に彼女が起きてしまい、自分はそこで降りたのだけど。

そして今日——落ち込む彼女のことを我慢できずに抱きしめてしまった。あれは、彼女を励ますためなんかじゃない。あの子の心が他にあると知って、それでも一度でいいから彼女の体を感じてみたくなって、強い欲求に逆らえなかった。彼女の細い背中が自分の腕の中にあったのはほんの短い時間だったけど、自分は幸せで切なくて、着ぐるみの中で必死に涙を堪えていた。

あのときと同じように、靖貴はぎゅっと歯を食いしばり、鼻を啜って液晶画面に写っている女の子を見た。

目にするだけで、心臓が痛くなってくる。だけど視線を逸らすことができない。こんな気持ち、もうずっと前から抱えていた。

（俺は、この子のことが好きなんだ――……）

自分は彼女が別の男に惹かれていると知っているから、余計なことを彼女に言うつもりはない。たとえそうだとしても、これ以上自分の心に嘘をつくことは靖貴にはできなかった。

A NERD IN LOVE

初めての恋はいつだっただろうか。

確か、小学校中学年の頃。同じ清掃班に属していた年上の子だった。つるんとした肌色が特徴の、よく笑う女の子だった。

通っていた小学校では「学年間の交流を深める」という目的で、一つの清掃場所につき、一～六年生までがまんべんなく配置され担当していた。

だけど遊びたい盛りの子供だから、掃除の時間ともなると、各学年の男子が入り乱れての大乱闘になることも少なくなくて。

そんな騒ぎにも加わることもできず、一人ぼそぼそと雑巾《ぞうきん》がけを続けている靖貴に、ある女の子が話しかけてきた。

『やっちゃんって、いつも一生懸命でえらいね』

それからその女の子は靖貴と掃除の時間にちょくちょく会話をするようになった。

いやぁね、男子って。ホントこどもみたい。でもやっちゃんはちがうね。やっちゃんってお姉さんいるの。いいなぁ、わたしもやっちゃんのお姉さんになりたいな……そんなことを言われているうちに、いつしか微かな思慕《しぼ》が芽生えていた。

清掃場所が変わっても、靖貴のことを見かけるとその子はニコニコと笑ってくれた。だけどその子が先に卒業して校内で会うことが少なくなると、自然とその感情も薄れていった。自分の初恋は、終わりの輪郭《りんかく》すら判然としないものだった。

二度目は、中学生のときだった。

同じクラスの、少し大人びた女の子。英語の時間にカードに書かれた質問を周りの人にする、というゲームをしていたから、おそらく疑問詞の使い方について学んでいた頃だったのだろう。

『What kind of men do you like?（どういう男の人が好みですか？）』

そう質問した靖貴に、その女の子は顔色一つ変えずに言い放った。

『It's you.（あなたみたいな人）』

靖貴はしどろもどろになって聞き返す。

『Really?（ホントに？）』

『I never tell a lie.（嘘なんかつかないよ）』

中学生にしては流暢《りゅうちょう》な発音で答えると、彼女は靖貴の目を見て意味ありげに笑った。我ながら単純だと思うが、それだけでその子のことを好きになってしまった。しかしそんな浮かれ気分も束の間。

例の英語の時間から三日後の放課後、部活に行こうとジャージに着替えていた靖貴に、同じ陸上部の友達がぼそりと口にした。

『知ってる？　アイツってA組の今井《いまい》と付き合ってるんだって』

すぐには信じられなかった。だけどその日の帰り道、噂の二人が一緒に帰っているのを目撃してしまった。

そうやってその恋もあっけなく散っていった。自分は、からかわれていただけだったのだ。

それから気づいたのだが、部活の仲間やクラスメイトなど、話しかけてくる親しい女の子は何人かいる。しかし、どうもそのいずれからも自分は異性として意識されていないようだ。

当時の靖貴は背がクラスで一、二を争うほど小柄で痩せていて、これは今もだがキツさとは無縁のぼんやりした顔立ちをしている。そして性格は争いを好まず大人しく、誰の言うことも逆ったりしなければ、積極的に女の子に絡みにいったりもしない。外見も中身も、およそ「男らしさ」とはかけ離れた存在だった。

『めっしーっていいヤツだよね』

『飯島くんは男の子っぽくないから話しやすくて好き』

そんなセリフならもう何十回も聞いてきた。だけど、それは決して褒め言葉ではなく、『いい人』が恋愛対象に結びつかないことも身をもって知った。本当は、それなりに嫌な面だって持っているし、周りの女の子で卑猥《ひわい》な妄想をすることだってあるのだけれど。

――こんな自分では、恋をしても痛い目を見るだけだ。

いつしか靖貴は、迂闊《うかつ》に人を好きにならないように、と心に鍵を掛け、女子との関わりを極力なくしているうちに、その鍵のありかも忘れてしまった。

そんな靖貴が久々に恋に落ちた相手は、今まで最も苦手としていたタイプだった。見た目ばかりがよくて生意気。ズケズケとした物言いで、女らしいたおやかさや気遣いとは無縁のひねくれた女。

最近は化粧が前に比べて大人しくなってきたような気がするが、でもやっぱりすごく目立つ。というか、ちょっと派手さが落ち着いてきた分、本来持っていた顔立ちのよさが引き立たされて、男ウケはより一層よくなった気がする。

……北岡も昔仲よかった女の子たちのように、自分を異性として見ていないのだろう。他に気になる男がいるというのに二人きりで一緒に帰ったり、無意識とはいえ体を寄せてきたり。そういえば木村とも付き合っているようにしか見えなかったのに、「ただの幼馴染み」だと言っていたし、彼女にとって「男と二人」という状況はさほど特別な意味を持たないのかもしれない。

一度自分の想いを認めると、それまで以上に北岡恵麻のことを意識するようになってしまった。

教室で、目があの子の姿を勝手に追ってしまう。見ていることが周りにばれないように慌てて逸らすけれど、そうすると今度は耳が彼女の声を拾い出す。階段で前を彼女が上っていたりすると、その短いスカートの後ろ姿が気になって気になって仕方がなかった。予備校の帰りも、妙に緊張してしまって自分が何を喋っているのかすらよく分からなくなった。

自室で勉強をしていても、やたら気が散って集中できない。あいつは今頃何やってるのかな、とかそんなことばかりが思い浮かんでしまう。

(いけない……)

今が一番大事な時期なのに何をやっているんだ、と再び自分を戒《いまし》める。恋愛なんぞにうつつを抜かしてる場合じゃない。しかも破れることが決定しているような恋だ。

もう、自分が何を望んでいるのかすら分からない。モテる上に他に目が向いてるときたら、どんなに待っても北岡が自分のものにならないことは明白だ。それなのに、気がついたらうっかり好きになっていた。垣間《かいま》見せる弱さや切ない表情に心惹かれずにはいられなかった。でもやっぱり相手が悪すぎる。よりによってなんであんな女に、と自分で自分を殴りたい気分だ。

ちょうど見ていた英文法の参考書に、「〜のはずだった」というイディオムが出てきた。

This was never supposed to happen.

——こんなこと、起こるはずがなかった。

まさに自分の気持ちと一緒だ。北岡に恋するなんて、ちょっと前まで絶対にありえないはずだったのに。

額《ひたい》をごちんと固い机にぶつける。だけど頭の中は、その日見た北岡の姿を思い起こすことですでにいっぱいだった。

ここにいるから

　ふぁあ、と脳が酸素を求めて口を大きく開ける。すると、朝の通学電車の入り口付近で隣に立っていた克也が、靖貴を見て苦く笑った。

「やっさん、今日はあくびすごいね」

　指摘されて思わずぎくっとした。自分が吐いた息で窓が曇っている。外の景色は街路樹の葉が徐々に枯れ落ちて、寒々しい冬の模様を呈《てい》し始めていた。

　克也とは同じ中学出身だが、住む場所は若干離れている。そのため家の最寄り駅も一つ隣で、朝は同じ電車になることもあれば違うものに乗ることもあって、いつも一緒に通学しているわけではない。今日はたまたま電車も車両も同じだったため、二人で話をしながら学校に向かっている途中だ。

　しかし今日は本当に寝不足だ。昨晩はここのところの遅れを取り戻すべく深夜まで受験勉強に励《はげ》んでいた……と言えばちょっとは格好がつくが、その途中で厄介な想像力がスパークしてしまい、思ったように課題が捗《はかど》らず気がつけば三時すぎだったとい

う。実状は、なんとも情けないものだった。

回らない頭で適当に会話をしつつ、学校のある駅で他の乗客と共にぞろぞろと降り立つ。

改札を出ると北風が前髪を巻き上げて、靖貴は肩を竦ませて身震いをした。マフラーをして中にはニットを着ているとはいえ、そろそろ学生服だけではキツくなってきた。現に隣の克也などはもう真冬仕様のもこもことしたジャケットを着込んでいて、あまり寒さに強くない質《たち》の靖貴は羨ましがらずにいられなかった。

図書室に用があるという克也を先に学校に行かせて、靖貴は道の中程にあるコンビニエンスストアに立ち寄った。とりあえず温かいコーヒーでも飲んで、眠さと寒さをしのぎたい。

ざっと立ち読みなどを済ませた後、店の中で挽《ひ》くセルフ式のコーヒーを買った。火傷《やけど》しそうに熱い液体に息を吹きかけつつ店のドアを押すと、入れ違いに同じ高校の制服を着た女の子二人がやってきた。

その片方と目が合う。

「あ、飯島。おはよー」

手を振りながら靖貴にそう笑いかけたのは、北岡だった。つい数時間前まで、空想の世界で一緒にいた女の子。

どき、と心臓が高鳴る。北岡の隣にいるのは同級生だろうか。名前は分からないがどこかで見たことのある女子生徒で、雰囲気は北岡に似て少しツンとした印象がある。

「あ……」

不測の事態に言葉を見失う。朝や学校の帰りはいつも時間がずれていたから、このように北岡に挨拶されたことなどなかった。

あんまりこちらを見ないでほしい。でないと、夜な夜な彼女のことを夢の中で弄んでいたことが顔に出てしまいそうだ。

靖貴はふいと顔を背けると、返事もろくにせずに彼女の傍らを通り抜けて歩き出した。

手にしたコーヒーの中身はほとんど減っていないのに、体中が熱くて汗が出てきそうだった。

その日は水曜日で、学校が終わった後も予備校の授業があった。

三時間ほどの講師による授業を受けた後、千葉駅東口の改札をくぐって階段を下る。

いつもの下りホームにたどり着くと、ベンチに脚を投げ出して座っていた女の子がいた。同じ学校、同じ学級の、靖貴がいつも気に掛けているあの子だ。彼女は寒いのかポケットに手を入れたまま、その愛らしい顔をムスッと歪めていた。

「北岡」

呼びかけると北岡は靖貴をちらりと見て、またすぐに不機嫌な表情のまま余所《よそ》を向いてしまった。

「どうしたの」

理由はよく分からないけど北岡は怒っている。隣に腰を下ろしながら尋ねるが、返答はない。

沈黙が訪れる。先にそれを破ったのは北岡の方だった。

「あのさ、飯島」

「なに？」

「なんなの、朝のあれ」

「あ……」

そう呟いたきり靖貴は黙り込んだ。北岡とは今朝コンビニの前で偶然出会ったのだけれど、緊張のあまり思いっきり無視するような行動を取ってしまったのだ。

上手い言い訳も思い浮かばずにいる靖貴に、北岡は呆れたようにため息をついた。

「あたしとかのことビビってるのは知ってるけどさ、挨拶ぐらいちゃんとしたら？」

それを言われるとぐうの音《ね》も出ない。いくら学校ではあまり接点のない相手とはいえ、一応はクラスメイトだ。話しかけられたら最低限の受け答えをするのは礼儀だし、普段の靖貴であればそうしていただろう。

だけどあのときは北岡に対する表に出せないような気持ちが渦巻いて、咄嗟には上手くコントロールできなかったのだ。……こんな真実を本人に言えるはずもなくて、靖貴は曖昧に視線を逸らして俯いた。

「ごめん……」

無礼な態度をしてしまったことを謝ると、北岡は却《かえ》って心配になったのか、こちらの顔を覗き込んで質問してきた。

「ねぇ、最近何かあったの？　先週もずっとボーッとしてておかしかったじゃん」

先週……は文化祭直後で、彼女のことを意識するあまり、いつものように普通に話せなかった。おかしかったように思えるのは、きっとそのせいだ。

至近距離で見つめられていることに、胸が騒いで収まらなくなる。そうしているうちに、北岡の指が靖貴の頬の近くまで伸びてきた。

驚いて腰を後ろにずらす。靖貴は首を振って、慌てて適当な理由を答えた。

「いや……、なんでもない。ちょっと、寝不足」

すると北岡は一瞬傷ついたように顔を強ばらせた後、手を引っ込めて、「ふーん」

とつまらなそうに嘯きながら正面に向き直った。

再び無言の時間が訪れる。目の前の乗車口には電車を待つ人の列が長く延びている。そういえば、到着予定時間もとっくに過ぎているというのにまだ次の電車はやってこないようだ。

「電車、遅いなぁ」

北岡の独り言に電光掲示板を見上げる。こんなときに限って電車はどこかで不具合に遭ったらしくて、靖貴は重苦しい空気の中、それを忍んで耐えるしかないということを悟った。

隣に座る子と一言も言葉を交わさないまま、時計の数字だけが進んでいく。

こんなはずじゃなかった。北岡と二人きりでいられるのは週に一度、今の時間だけだ。だからもっと話したいのに、もっと楽しそうにしてほしいのに、心ばかりが空回りしてしまう。

靖貴が下りホームに着いてたっぷり三十分近く経ってから、電車の到着を告げるアナウンスが流れた。待ちわびた車両は、ようやく姿を現してくれるようだ。

体を揺さぶるような風圧と共に、レールと車輪が擦《こす》れてけたたましい音をたてた。目の前で扉が開く。大勢の降車客と、それと同じぐらいの乗車客でホームはごった返した。

さてと、と靖貴は荷物を持ってベンチから立ち上がって乗る人の列に続いた。しかし、隣に座っていた北岡は全くついてくる気配を見せない。

何事かと思い北岡を振り返る。目が合うと北岡は、ベンチの上に腰を下ろしたまま、キツい上目遣いでこちらを窺いながら言った。

「飯島、先帰んなよ」

「は？　なんで？」

先に帰れ、とはどういうことか。わけも分からず靖貴が尋ねると、北岡は無機質な口調で答えた。

「あたし、混んでる電車苦手なんだ。次の乗るから、待ってなくていいよ」

……本当だろうか。今までだって彼女といるときに何回か混雑した車両に当たったことはあるが、特におかしな様子はなかった。それに自分だって人でぎゅうぎゅうの電車なんて嫌だ。できれば座って帰りたい。

だけど公共機関を使う以上、ある程度のことは仕方がないと、少なくとも自分は納得しているし、多分大多数の人がそうだろう。彼女は駄々を捏《こ》ねることで、自分を困らせたいだけなような気がする。

「でも、次いつ来るか分かんないし、それも混んでるかもしれないだろ」

　靖貴の経験上、電車は一度遅れるとダイヤが元通りになるまでに時間がかかる。またこの路線の電車は、タイミングをずらしたからといって必ずしも空いているかといえばそうでもなく、わざわざ一本遅らせたのに結局それも混んでいて、「なんのために待っていたのか」と後悔したりもする。

　至極まともな意見だと思ったが、それでも北岡は動こうとしない。

　靖貴はため息をつき、俯く北岡の元へ歩み寄った。

「こんな寒いとこでずっと待ってたら風邪引くよ。それに、女の子がそんなに遅くなったらよくないって」

　実際いつもより大幅に遅くなっている。このままだと、ただでさえ自分より遠くに住む北岡が家に着くのは深夜に近くになってしまうかもしれない。自分も腹が減っていて早く帰りたいから、彼女に合わせて次を待つというのはナシだ。

　多少ありきたりな文句ではあると思ったが、急がないと電車が出てしまう。靖貴はダメ押しのように北岡の前にしゃがみ込むと、下を向く北岡の目線と自分のそれを強引に合わせた。

「一緒に帰ろうよ、北岡」

まるで子供をあやしてるみたいだな、と思いながらも情けなく笑いかける。すると北岡も流石に折れたのか、ぷいと視線を逸らして不精不精《ふしょうぶしょう》といった様子で立ち上がった。

電車の扉が閉まる寸前に乗り込む。車内は人の熱気が充満し、外界とは比べものにならないほどに蒸されていた。

入り口付近の手すりに掴まって混雑する電車に揺られる。すし詰め状態とまではいかないまでも、少し体が傾くと他の乗客と肩が触れる、それぐらいには混み合っている。

ふと右斜め下あたりにある北岡の顔を窺うと、目には力がなく、口元はへの字に歪み、何かに怯えきった表情をしていた。肩は微かに震えているようにすら見える。

(マジでダメなんだな……)

「混んでる電車が苦手」というのはどうやら本当だったようだ。自分を遠ざけたいがための方便だと思い込んで、無理矢理引っ張ってきてしまったことを申し訳なく思った。

一駅過ぎてもほとんど乗客は減らない。まだまだ降りるまでは時間がかかる。靖貴は顔面蒼白に陥っている北岡と目を合わせて尋ねた。

「やっぱ次で降りる？」

もしそうしたいなら今度は自分も付き合うが……。そう口にする前に、北岡は目の前の手すりにぎゅっと掴まりながらも、ふるふると首を振った。

「大丈夫、まだ耐えられる……」

まだ、がどれくらい続くか分からないが、とりあえず本人がそう言うのなら問題ないだろうか。そんな風に靖貴が思ったときだ。

「でも……」

北岡は短く呟いたきり次を口にしない。でも、なんなんだろう。

「何？　どうしたの？」

なるべくプレッシャーに感じられないように努めて柔らかく聞き返す。

手元を睨むように見つめていた北岡は、聞き取れないほど小さな声で途切れがちに答えた。

「あたし、実は昔すごいヤバい痴漢に遭《あ》ったことがあって……。それから満員電車がホントにトラウマで……」

それで電車が嫌になって頑張って家の近くの高校に入ったくらい、と続ける。彼女の電車嫌いはただのわがままではなく、意外にも随分と根の深い問題だったようだ。そんなことが理由で進路を決めたとなると尋常ではない。

確かに今まで予備校の帰りで一緒になった中では今日が一番混雑している。だからこんな心の傷を持っているとは今まで知らなかった。

しかし「すごいヤバい」とはどの程度だったのだろう。邪な方面に想像力が飛びかけて、靖貴は慌てて頭を振ってそれを追い出した。いけない、北岡が苦しんでいるのに何を考えてるんだ。

「北岡」

呼んでみるけど返事はない。仕方なく靖貴は、北岡の肩を軽く叩いた。

「俺がいるから。なんかあったらすぐに言って」

もし万が一また痴漢に襲われても、自分がいれば場所を交換してやったり、捕まえることはできなくても、彼女から遠ざけるぐらいはしてやれる。

だからそんなに怖がらなくてもいいんだよ、との意味を含ませて囁く。すると北岡は何故か眉を寄せて顔を引きつらせた後、微かにゆっくりと頷いた。

『まもなく、蘇我《そが》駅です――』

車掌によるアナウンスが流れた。次は少し大きな乗換駅だ。しばらくすると電車がホームに滑り込み、靖貴のすぐ横のドアが開いた。

周りの数人が降りていったが、一息つく間もなくそれを何倍も上回る人が車内になだれ込んできた。おそらくここの駅でも、電車の遅延で待機客が増えてしまったようだ。

「うわ」

靖貴は出入り口付近に北岡と並んで立っていたが、人の波に押し流される。気がつくと隣にいたはずの北岡は、車内の中程の方まで連れていかれそうになっていた。

「いいじ……」

人混みに埋もれ、北岡が泣きそうな目をしてこちらを見た。彼女の手は支えをなくし、それを求めてさまよっている。

扉が閉じて電車が動き出してもう一度大きく揺れる。靖貴は再び遠ざかりかけた北岡の方に手を伸ばすと、とっさにその手首を掴んでしまった。

「っ……！」

北岡は一瞬恐怖したように目を見開いた。だが手首を捕まえている腕を遡《さかのぼ》って、その先にいるのが靖貴だと分かると、心持ち安堵したように睫毛を伏せた。

彼女は四方を背の高い人間に囲まれていて、息をするのもやっとといった感じだ。できればもう少し近くに行ってやりたいが、靖貴の方も自分のスペースを確保するのに精一杯で、なかなか身動きが取れない。自由になるのは、北岡のことを掴んでいる指先ぐらいだ。

手首を握っているのが靖貴だと知っても、北岡はその手を引いたり振り払うような素振りは見せない。もしかしたらそんな気力が残ってないだけかもしれないが、とにかく嫌がられてはいないようだ。

このまま、手をつなぐぐらいは許されるだろうか。

ふとそんな思いつきが頭を過《よぎ》って、途端にそれしか考えられなくなった。自分はあの着ぐるみの中にいたときのように、もう二度と彼女を抱きしめることもできなければ、これ以上仲よくなることもないだろう。だったら、今が最初で最後のチャンスだ。比較的次の駅まで長い区間だけれど、迷っている時間はない。

しかし——混乱に乗じて体に触るなんて、やってることはある意味痴漢と一緒じゃなかろうか。そんなやけに理性的な意見を述べる自分もいる。

いや、違う、と頭を振る。あくまでこれは「はぐれないように」と彼女に示すだけのものだ。それで、ちょっとやってみて、やめてほしそうだったらすぐに離せばいい。迷惑なんて、これっぽっちもかけるつもりはない。

手首をゆっくりとたどり、手のひら同士をくっつける。

指を互い違いに絡ませると、そっとその指先に力を込めてみた。

どきどきする。

世の中には自分と同じ歳でとっくにもっと先を行っている奴らも大勢いるだろう。もしかしたらこの子だってそうかもしれない。だけど初心《うぶ》な自分にはこうするだけで精一杯だった。彼女から伝わる動きは、どんな微かなものでも追わずにはいられない。体中の神経が、全部指先に集まってしまったみたいだった。

なんで女の子の手ってこんなにすべすべなんだろう。しかも細くて小さくて、性別が違うといえど自分と同じ人間で同じ人種のものとは思えないほどだ。

そのうちに、つながっている北岡の指がぴくりと震えた。ほどかれてしまうのかと思い、残念さに胸が痛んだ。でも仕方ない。靖貴がわずかに指をずらしたときだった。

（あっ……）

靖貴の指股に食い込ませるように、北岡が手を強く強く握ってきた。「離さないで」。まるで手のひらでそう語っているかのように。

北岡との間には、他の乗客が入り込んでしまったため表情は見えない。だけどきっと心細そうな顔をしているのだろうと予想ができた。そして離すものか、とばかりに靖貴もまた北岡の手を握り返した。「ここにいるよ」との思いを込めて。

人で膨れ上がった電車が夜の街を駆け抜けていく。固くつながれた手からじわじわと甘い痺れが伝わってきて、ひどく窮屈な思いをしているはずなのに、何故かずっとこうしていたいと願ってしまった。

体を捻って北岡の様子を窺うと、その細い体を他人に挟まれながら、彼女もまたこちらをじっと見ていた。人いきれのせいか、軽く頬が上気している。

縋《すが》るような視線をしたまま、北岡が声を出さずに唇で「いいじま」とかたどった。嬉しいのか恥ずかしいのか分からないような感情が押し寄せ、全身が熱く火照ってくる。彼女に必要とされている。そのことでただでさえ速くなっていた脈がより一層大きく波打って、目の奥がじんわりと痺れてきた。

ポイント切り替えのためか、車両が一際大きく揺れた。皆の足元がふらついた隙に、間にいた人を押し退けて北岡の方へと近づいてみた。

ようやく隣り合うと、靖貴は自分の肩のあたりにある耳元に向かって尋ねた。

「大丈夫?」

「うん」

「もう少しだから、がんばって」

あまりに混んでいて、それ以上は話すこともできない。実際、少し会話しただけなのに、チッという小さな舌打ちがすぐ近くで聞こえた気がした。

北岡が素直に首を縦に振った。そんな細かい仕草さえも愛《いと》おしくて、もう一度、自分の指に絡む細い指先をぎゅっと強く握りしめた。

この子が本当は誰を好きでも構わない。今だけは自分のものだ。だから、ここは自分が絶対に守る。

そんな意志と共に、揺れる車内に身を任せた。幸いなことに、北岡は息苦しそうにはしているものの、「助けて」とのサインを送ってくることはなかった。

電車がだんだんと減速し、背後のドアが音を立てて開いた。ようやく次の駅に着いたらしい。

ひんやりとした空気が流れ込んできて、それと同時に周りの客が何人かホームに降りていく。先ほどまでよりは幾分動きやすくなったが、その分倒れる危険が出てきたので、靖貴は空いている方の腕を伸ばして手すりに掴まった。

少し空《す》いてきたので、靖貴は握っていた手の力を緩めてみた。だけどつながれた指は離れていかない。まだ混んでいるから、意外に繊細な心の持ち主は気が休まらないのかもしれない。

電車がまた動き出す。ガタガタという規則的な振動が自分の鼓動と重なって、全身が心臓になったみたいだった。

結局靖貴は、次の駅が来てもその次の駅が来ても、指を振りほどくことができなかった。

長いトンネルを過ぎると、遠くの方に高いマンションの灯りが見えてきた。小さい頃から見慣れた風景。もうすぐ、自分の住む街の駅だ。

北岡はもう長いこと一言も言葉を発していない。俯いたままずっと、手すりに掴まる靖貴の逆の手に指を絡ませているだけだ。

靖貴も時折北岡の背後や横に視線を配ってみているが、特に不審な輩の姿は見あたらず、その度にホッと胸をなで下ろした。

キー……と耳をつんざく高い音と共に、電車がだんだんとスピードを落としていく。煌々《こうこう》とホームを照らす蛍光灯の明かりが目の前を流れていたが、やがてそれも止まった。

数瞬ののち、靖貴の近くのドアが開いた。それと同時に、車内に充満していた張りつめた雰囲気も解き放たれていくようだった。

ここの駅は、ローカル線への乗り換えもあるため、利用客数が同じ路線の他の駅に比べて多い。周りの客がどっと流れ出るのに合わせて、靖貴も出口へと向かった。

「ちょっと……」

ホームに降り立った途端に、困惑したような声がすぐ左手側から聞こえた。なんだろうとそちらの方を見ると、北岡が眉根を寄せながら下を向いて立っていた。その片方の手は、靖貴につながれたままだ。

「あっ……」

靖貴は慌てて手を振り払った。ついうっかり、北岡のことも連れて降りてしまっていた。彼女の降りる駅はまだまだ先なのに。自分は車内でのあれこれで、頭がどうにかなっていたのかもしれない。羞恥《しゅうち》に頬が熱くなっていく。

「さ、触られなかった？」

あまりの気まずさに、声が若干裏返ってしまった。

そんな格好の悪い靖貴の姿にも、北岡は少しも反応を変えることなく答えた。

「うん、平気……」

「んじゃ、よかった」

へらりと笑みを浮かべる。

だが今しがた触られなかったか、と訊いたが、よく考えてみれば、乗っている間誰よりも彼女の体に接触していたのは自分自身だったのだ。そのことに気づいて、靖貴はまたも穴があったら入りたい衝動に駆られた。

本当に迷惑ではなかっただろうか。北岡が抵抗しないのをいいことに、無理矢理なことをしていなかっただろうか。思い出そうとするけれど、あの手首を掴んだ瞬間から今までずっといっぱいいっぱいで、頭の中も混乱し続けていたため、全く何も分からない。

「電車……、出るから行かないと」

北岡がそう呟いた。自分たちをここまで運んできた車両は、つい先程まで立っているものの方が多かったけれど、今はちらほら空いている席も見られる。これならば、痴漢に遭う可能性もだいぶ低いだろう。

「あ……、そっか。じゃ、またあした」

「うん……。また」

軽く手を振って見送る。北岡が入り口近くの座席にこちらに背を向けて座ると、間もなく扉が閉まって電車は動き出した。

北岡を乗せた鈍色《にびいろ》の電車が遠ざかる。レールの音が消えても、その姿が夜の闇に溶けてしまってもなお、靖貴は行方を目で追っていた。

改札を抜けて自転車置き場に向かう。

人気の少なくなった二階のスペースに自分の自転車を見つけ、靖貴はそれに跨《また》がって緩いスロープを下った。

道路に出ると、ペダルの回転数を上げて走り出した。すっかり冷たくなった晩秋の空気が耳元を切り裂いていく。だけど顔は相変わらず熱を持ってのぼせたままだ。居並ぶ商店街は、ほとんどがシャッターを下ろして静まりかえっていた。併走する車道を追い越していく自動車に気をつけながら、靖貴は行き場のない思いに頭を悩ませた。

考えていたのは、つい数分前までこの手のひらでつながっていた女の子のこと。あの心細い眼差しを思い出すだけで、胸が締め付けられ、それと同時に鼓動がばくばくと速くなった。

あんなことをして、下心がバレてはいないだろうか。「ただのクラスメイト」がしていいことの域を踏み越えてしまったかもしれない。ホームに連れて降りてしまったのもきっとそのせいだ。自分は、あの手を離したくなかった。少しでも長く、手を握っていたかった。

いつもの自分らしくもない。一体何を考えてるんだ、と今さらになって自責の念が押し寄せてきた。

いやだけど、あれは緊急時でどうしようもなかったのだ。また明日からはいつも通り知らぬ存ぜぬを貫いて、そして来週の帰りにも体に触るようなことをしなければ、向こうも勝手に「あ、あれは混んでるから仕方なかったのだな」と納得してくれるだろう。ちょっと弱みを見せてもらったからといって、それにつけ込むつもりなんて全くない。自分はモテない人間だけれど、その辺のわきまえぐらいはちゃんとある。

手の温もりが消えていく。それにつれて、浮ついていた考えも次第に冷静さを取り戻していった。

だけど……。もし許されるのだったら、確かめてみたいことは一つある。

(あの子は……、北岡は、本当は俺のことどう思ってんだろう)

彼女が他の男を好いているのは知っている。でも、千に一つ、万に一つぐらいは自分にもチャンスがあったりしないのだろうか。なんとなく嫌われているわけではないということは今日のことで分かった。聞いてみたいのは、その次。もし可能性があるとしたら何番目ぐらいか、ということだ。

ただの「話しやすい相手」でその気がゼロだったとしてもそれでいい。北岡の本心が知りたいと、そのとき靖貴は痛切に願った。

火のないところに

カレンダーが替わり、今年最後の月となった。靖貴がいつものように学校を出て駅へと向かっている途中で、隣を歩く克也が唐突に口を開いた。

「あ、そういえば」

「なに？」

「俺、明日用事あるから、やっさん先に帰ってて」

「まぁ、いいけど。なんの用事？」

この暮れも受験も差し迫った時期に一体どんな用があるのだろう。そう思い尋ねると、克也は「よくぞ聞いてくれました」とばかりに得意そうに表情を崩した。

「ほら、もうすぐクリスマスじゃん。明日香ちゃんにあげるプレゼント買いに行こうと思って」

はぁ、そうですか、と靖貴はすぐに聞いたことを軽く後悔した。明日香ちゃん、とは克也が夏の終わりから付き合っている件《くだん》の他校の女子生徒のことだ。二人は恋人同士になってからもう三ヶ月以上は経っているというのに、未だに付き合い始めのテンションを保ったままのようで、事あるごとにその暑苦しい……いや、仲睦まじい様子を克也から聞かされる。なので寂しい独り者の靖貴としては、最近ではあまりそっちの話題を振らないようにしているほどだった。

克也によると明日香は一つ年下で、電話やメッセージのやりとりは毎日欠かさず、時には深夜まで話し込んでしまったり、デートも週に二回は必ずしているらしい。

明日香《むこう》はまだ高二だからいいとして、受験生のお前はどうなのよ、と話を聞くたびにいつも靖貴は思っていた。しかしそれを口にしてしまったら僻《ひが》みのように受け取られかねない。靖貴はツッコミたくなる気持ちをグッと堪えて、そういうときは常に「あー、はいはい」と受け流すことにしていた。

「でも、彼女は好きな漫画家さんの画集が欲しいって言ってるんだけど、俺としてはもっと身に着けられるようなものをあげたいっていうか」

誰も何もそこまでは聞いていないのだが。克也は基本的にわりと空気の読める方だと思っていたが、殊に恋愛関係となるとそのセンサーが壊れてしまうようだ。

「画集も贈って、安くてもいいからいつも使えるようなものもあげたら」と適当に提案すると、克也は目を輝かせて「ナイスアイデア、やっさん！」と靖貴を褒め称えた。

「やっぱさ、彼女の喜ぶ顔が見たいじゃん。だから、どうしようかって迷ってたんだよね」

克也はさらっとのろけてくる。こんなに愛されて彼女も幸せだろうな、とお腹一杯の気分になった。

そこで靖貴はふと思い出した。自分は……あげる相手こそいないけれど、親から毎年何かしらのプレゼントをもらっている。誕生日には何もしない分、何故かクリスマスには子の望むモノを買い与えるのが親の中で習慣になっているようだった。

そういえば今年も何が欲しいか聞かれたが、答えを保留にしていた。ちなみに去年はデジタル一眼カメラ用の三脚で、一昨年は登山用の帽子とソフトな水筒だった。

どちらも靖貴にとって必要なものだったが、お世辞にもプレゼントに適しているものとは言い難かった。だから今年はもっとマシなものを……などと思うあまりいいアイデアが浮かばずにいたのだが、思い切って『アレ』を頼んでみるのはどうだろうか。

(『もう少しで受験だから』って言えば、別に変じゃないだろうし……)

今日はなんだか、我ながら冴えている。フフッと俯きながら笑うと、克也は顔を歪めて靖貴に向かって呟いた。

「何笑ってるの。キモチ悪い」

随分な言いぐさだと思ったが、今はそれも許せてしまう。

そのくらい、靖貴は自分の思いつきに心躍っていた。

ずっと「いらない」と思って持ってこなかった『アレ』。だけどあればあったできっと便利だし、どうせ卒業したら持つ予定だったからほんの少し前倒しさせてもらうだけだ。

それに……もしかしたらあの子ともう少しコンタクトがとりやすくなるかもしれない。ひょっとしたら「あのときのこと覚えててくれたんだ」なんて喜んでくれるかも。

『やっぱさ、彼女の喜ぶ顔が見たいじゃん』

克也の言ったことがよく分かる。克也らとは違って自分たちは恋人同士ではないし、何か贈り合ったりもしないが、好きな子を思う強さではたぶん負けていない。

まぁ、親が何と言うかは今のところ分からないけれど。とりあえずお願いするだけしてみよう。

(それにしても……冷えてきたな)

今日は自分の方がちょっと早く予備校の講義が終わったので、それからずっとホームで待っていた。ベンチはあいにく全て埋まっており、底冷えするホームに一人佇んでいる。今日だけはどんなに遅くなろうとも待っているつもりだったが、さすがに寒さが身にしみてきた。

自動販売機で缶コーヒーを買って、先程までの位置に戻る。プルトップを慎重に開け、苦く熱い液体を一口飲み込んだ。

「またコーヒー飲んでる」

待ち焦がれた声がようやく聞こえて、靖貴は頬を突《つっ》かれた。急ぎ振り返りたい気持ちを抑えつつおもむろに声の方を向くと、なびく髪が触れそうな距離に、北岡がいた。

「好きなの？」

尋ねられた靖貴が「うん」と頷くと、片手に持っていた缶コーヒーに北岡の手が伸びてきた。

「ちょっと、もらっていい？」

返事をしないうちに缶を持って行かれる。缶コーヒーの飲み口が北岡の唇にくっつく。ゆっくりと缶が傾いて、はぁ、っと白い息が吐き出される。そして北岡は「寒いからおいしいね」と目を細めた。

……回し飲み、普通にしちゃうんだ。いや、中学生の頃なんか部活の仲間でしょっちゅうやってたけど。でも今は別に喉が渇いてるとか緊急性が高いわけじゃないし。こちとら満員電車の中で手を握り合ってから以前にも増して意識してしまって、しすぎて半径一メートルに入っただけで爆発しそうだっていうのに、なんだか北岡は別に気にしてないみたいで、余計に恥ずかしくなってくる。

（やっぱ俺のこと、なんとも思ってないのかな……）

だとしても、やっぱり北岡の傍にいられるのは嬉しい。変な気持ちが顔に出ないようコーヒーをちびちび飲んでいるうちにまた北岡に奪われ、そうやって何往復かしているうちに彼女の番で空《から》になり、「これ捨てちゃうね」とゴミ箱に持っていかれた。

戻ってきた彼女に、何気ない風を装って訊く。

「今日、北岡のとこちょっと遅かった？」

「うん。うちの塾、普通の講義は今日で終わりだから」

「あ、そうなんだ。俺んとこはあともう一回あるわ」

と言っても、次に行くのは土曜日だ。どちらにせよ、水曜日の講義は終わりだ。だからどうしても会いたかった。

「もう冬休みかぁ……。あーあ、あっという間に年が明けちゃう……」

最後の方はやってきた電車の音に掻き消されてよく聞こえなかった。

東京方面からきた車両は、まばらに席が空いていた。無事に帰れるのは嬉しいけれど、乗ってしまうとあと二十五分というタイムリミットが見えてきて、急に寂しくなった。

電車が動き出すと、靖貴はさきほどの会話から話をつなげた。

「冬休みはどうすんの？」

「全然まだ分かんないとこだらけだから、冬期講習受けるよ。受けないとヤバいよ」

「俺も。終業式の日からガッツリ入ってる」

「そしたらうちんとこと同じだね。始まる時間早いから、夕方ぐらいには終わるけど」

「そっか」

上手く予定を聞き出せたことに靖貴は内心舞い上がった。これで一縷《いちる》の望みがつながった。冬季講習のときも一緒に帰ることを仄めかされてるみたいだ、と。

「ってか、ほんとはもうちょっと早く始まってんだって。私立の子とかは、冬休み入るの早いから」

なるほど、と頷く靖貴の横で北岡は「はぁ」と大きなため息をついた。

「冬休み終わってしばらくしたら……、いよいよ受験だね」

「早いよな。なんか、実感ないけど」

「……どこ受けるかとか、聞いてもいい？」

はっきりとはまだ決まっていないが、だいたいの傾向はあるので答える。

「都内の学校ばっか、いくつか」

「あ、あたしもそんな感じ」

ということは……。渦巻く焦燥と朧気な期待と、様々な願いを内に靖貴は呟いた。

「……受かるといいな」

「うん」

ずっと試験勉強をし続けるのは大変だ。だけど、本当はまだしばらく受験生のままでいたいと、夜の車窓に映る二つの制服姿を見て思った。

次の週の休み時間。教室移動を控え、靖貴はあくびを噛み殺しながら廊下のロッカーの前で克也のことを待っていた。

次は社会科の選択授業なので、通路は学年全体で理系文系入り乱れての大シャッフル状態になる。また、早めに行かないとストーブの側や前側の方の席など、いい場所はすぐに取られてしまう。

あいつ遅いな、トイレに何分かかってるのかな、などと気を揉んでいたとき、ふと向こうの方の教室から歩いてきた背の高い男子生徒の姿が目に入った。

その男は心持ち背を丸めると、すれちがいざま靖貴の耳元で囁いた。

「調子に乗るなよ」

（え……っ）

今のはなんだ、と靖貴は呆気にとられた。慌てて男の方を振り返ってみるが、その男はとうに隣の教室の前を行きすぎていた。後ろ姿と目に入った直前のイメージでは、彼は今どきの男子高校生の服装を模倣《もほう》してはいるものの、どちらかというとガタイがいいため今一つしっくり来ていない様子だった。とりあえず、今まで喋ったことのない人間であることは間違いがない。

「ごめんごめん、トイレ結構混んでてさー」

克也が笑いながら靖貴の元へと戻ってきた。そして「さぁ、行こうか」と靖貴を誘ったが、靖貴はその男の行方を見つめたまま、しばらく動くことができなかった。

様子のおかしい靖貴に克也が尋ねる。

「どうしたの？」

「誰、あいつ……」

「あいつって？」とさらに質問され、「あの、紺色のセーター着て、ベルトがびろーんってしてる男」と説明する（ちなみにセーターは名目上「寒さ対策」となっているため、着る場合は上着の下に着用することが校則では義務づけられている。破っている者の方が多いが、靖貴や克也などは一応規則ということもあり、それを律儀に守っていた）。

　すると克也は指し示す先を確認して、「ああ……」と呟き苦い顔をして見せた。

「多分、B組の早坂《はやさか》かな。あの、ちょっとがに股のヤツだよね」

　頷きつつその名前を頭の中に記憶させる。早坂……同じクラスどころか選択で一緒になったこともないため、今まで名前すら聞いたことがない。

「どんな奴？」

「……あんまり関わりないから知らねー。でも確か、緑中出身だったかな」

　気になるならそっちにでも聞けば、とでも言わんばかりの口調だ。緑中というと、クラスメイトなら北岡と仲のいい安藤珠里あたりが同じ中学出身だったはずだ。だがもちろんのこと、靖貴は安藤とも全くと言っていいほど話したことはなく、彼女に確認するわけにはいかなかった。

　とりあえず克也は人の悪口を言うことを良しとしないものの、あまりいい印象を持っていない人間に対しては言葉を濁す傾向がある。だからその辺は推《お》して知るべしなのかもしれない。

　しかし一体何故そんなよく知りもしない男に、自分はあんなことを言われてしまったのだろうか。あのようなリア充っぽい人種からすると、影が薄く目立たない自分など、普段は眼中にすら入らない存在のはずだ。思い当たる節もなく、靖貴はただ首を捻るばかりだった。

「……あいつが、どうかしたの」

自分を案じるような克也の声音に、靖貴はハッと我に返った。

「ううん、いや。ちょっと知り合いに似てたから」

咄嗟にそう言い訳して、克也に笑いかける。あまりだらだらと思い悩んでもどうしようもないので、とりあえず先ほどのことは睡眠不足のせいで引き起こした「気のせい」もしくは「人違い」だろうと靖貴は結論づけて、次の教室へと向かった。

その日の昼休みの時間は、いつもどおりクラスの地味男子四人で、窓際の席に固まって昼食を摂っていた。

靖貴は先日クリスマスプレゼントについて親と交渉した結果、しばらくの小遣い減給を申し渡された。そのため、最近では簡単な弁当を自分で作って持ってくることにしていた。今日は野菜とウィンナー入りのソース焼きそばだ。

味が安定していて作るのが簡単なのはいいが、ちょっとこれだけでは物足りない。

「やっぱり帰りになんか買って食べようかな」そんなことを思いながら、目の前で繰り広げられる色味に乏《とぼ》しい会話に参加していた。

目下の話題は「防寒性インナーは、どれが一番暖かいか」というものだった。この冬一番の冷え込みとなった今日だから、皆の顔つきもやたらと真剣だ。やれユニクロのがいいだの、イオンのも侮《あなど》れないだの、やっぱり登山用のはひと味違うだの、各自噂と実体験織り交ぜつつ白熱した議論を戦わせていた。

最終的に「登山用のが一番すごいけど、高いからある意味勝負下着」という結論に達すると、克也と靖貴を除く二人は委員会の集まりのため席を立ってしまった。

彼らが出て行ったのと入れ違いに、どこぞで昼を食べたのだろう北岡などの女子グループが教室に戻ってきて、一気にクラス中の空気が華やいだ。

こんなに冷える日だというのに、北岡らは今日も元気だ。その剥き出しになっている膝の裏から短いスカートの裾までの領域をおぼろげに見ながら、靖貴は「あいつはあんなに脚出してて寒くないのかな……」などと考えていた。

「あのさ……」

克也が呟いたので振り向く。すると、克也は周りに人があまりいないことを確認してから、小さな声で、だがはっきりと靖貴の目を見て口にした。

「やっさんと北岡さんって、仲いいよね」

「へっ？」

「いつから付き合ってるの？」

予想外を通り越して耳を疑ってしまうような発言に、靖貴は克也と視線を合わせたまま、息をするのも忘れるほどに固まってしまった。

ようやく気を取り直して呼吸を整えると、下を向いて口元だけで笑いながら答えた。

「いや、そんな」

ありえない、とばかりに首を振る。だいたいあの子とは学校では相変わらず目すら合わせないぐらいに無関係を貫いているし、以前から派手な女子のグループ、特に北岡のことを自分が苦手としていたのは克也も知っているはずだ。

それが何を根拠にそんなことを言い出すのだろうか。確かに今自分は彼女に思いを寄せているが、そのことは誰にも知られたくないし、知っている人もいない。そもそも彼女とは付き合ってはいないから、全くの事実無根だ。

とりあえず、あまり話を拡げすぎてボロが出てもよくない。靖貴は適当に受け流そうとしたが、そんな彼に対して克也はゆっくりと切り出した。

「……でもさ、俺実は知ってるんだよね。やっさんとかが二人で帰ってること」

「え……、そんな、いつ……」

ぎくり、と背中に緊張が走る。

克也は短くため息をつくと、両肘を机に突いて手を組みながら語り出した。

「先月……か十月だったかな。明日香ちゃんが千葉駅の西房線のとこで電車待ってたとき、向かいのホームにやっさんによく似た人と、南高の制服着た女の子が一緒にいるの見たって言っててさ。『えーっ、まさかー』って言って、その後の週に明日香ちゃんと確かめてみたら本当にやっさんで、ていうか女の子の方もすげー見覚えある人じゃん。そんときは偶然かな、とも思ったけど、先週も一緒だったの隣のホームから見ちゃったんだ。なんか缶コーヒーみたいなの堂々と回し飲みとかしてるし。あれで付き合ってないとか逆にウソだろってレベルなんだけど」

まさか、とはこっちのセリフだ。一応同じ学校の人間には見られないよう警戒していたのに、思ってもいない人物に尻尾を掴まれてしまった。明日香とはほんの短い会話を一度だけしかしていないから、彼女が自分のことを覚えているなんて思っていなかった。現に自分は明日香の顔は忘れてしまっている。そんな子に、他の路線のホームからチェックされていたなんて誰が気づくだろうか。

しかも回し飲みのことまで見られていたとは……。しらばっくれたらいいのか、それとも事実は認めてしまった方がいいのか。突然窮地に追い込まれ混乱する靖貴に、克也は前のめりの姿勢を崩さずに続けた。

「それだけじゃないよ。ちょっと前なんか電車の中で手つないでたって聞いたけど」

それを聞いた瞬間、自分の顔が赤くなっていくのを靖貴は感じた。

バレバレな反応に、克也は驚きもせずに「あ……、やっぱ本当なんだ」と呟いた。

……一体誰からそんなことを聞いたんだろう。あのときは少なくとも周りに顔見知りはいなかったはずだ。でなければあんな大胆なことはできない。

疑問に頭を悩ませていると、克也は顔色からそれを汲んだように答えた。

「うちの弟が、やっさんの顔覚えてたみたいなんだよね」

「あ……」

克也の弟は二つ年下で、自分の家の最寄り駅より一つだけ上り方面にある高校に通っているらしい。つまり、電車が遅れて北岡の手を思わず取ってしまったあのとき、車内にだいぶ余裕ができてから乗り込んできたことになる。克也の家にはたまに遊びに行っているけれど、弟とはほとんど会ったことがない。それに克也曰《いわ》く弟は最近急に背が伸びてしまったらしく、昔の面影が全くなくなってしまったとのことだった。だから近くにいても自分が気づかないのは当然といえば当然だ。

「あいつ、部活で遅くなった日の帰りに電車に乗ったら、やっさんがなんだかえらいかわいい子と手握り合ってたとかって。そんで降りるまでずっとだったなんて言うじゃん。それも水曜日だったみたいだから『あ、やっぱそうなんだ』なんて思ったわけだよ」

ここまで証拠を押さえられてしまっては、もう言い逃れすることはできない。靖貴は口元を手で押さえると、ぼそぼそと弁解を始めた。

「あれは……、成り行き上仕方なくそういう流れに……」

「成り行き？　どんな？」

ストレートな質問に、靖貴はうっと言葉を詰まらせた。

北岡が昔痴漢に遭ってトラウマを持っているということは言いたくない。デリケートな問題だし、興味本位で話題にしてはよくないだろう。

「だから……、すごい電車が混んでたから……、はぐれないようにって」

言葉を選んで枝葉末節を大幅に略した結果、回答はなんとも間の抜けたものになってしまった。

それを聞いた克也がはぁ、と呆れたように息を漏らす。

「すごいね。ラブラブじゃん」

いや違う。さっきのはそうだけどそうじゃないんだ。しどろもどろになる靖貴に、克也はさらにとんでもないことを口にした。

「いいなぁ、やっさん。北岡さんとやれるとか、ちょっとうらやましいんだけど」

「やれ……って、何言って……」

紅潮していた顔がさらに熱くなっていく。きっと今の自分は耳の裏まで赤くなっている。

慌てて周囲を確認するが、特に自分たちの会話に聞き耳を立てているものはいないようだ。一応克也も、その辺を確かめてから口に出したのかもしれない。

克也はぽかんとしながら靖貴の顔を見返した。

「えっ、なに？　まだなの？」

「まだっていうか、あのなぁ……」

正直彼女と行為に及ぶことは今まで何度となく夢想してきた。だけど他人に自分がそのような関係だと思われているなんて一ミリも予想できなかった。また、克也のことはこの前まで「モテない仲間」だとばかり思い込んでいたはずなのに、すでに一歩も二歩も先を行っていることをほのめかされ、ショックを受けずにはいられなかった。

それに……

「お前彼女いるだろう」

目に入れても痛くないほど可愛がっている彼女・明日香。それを差し置いて「うらやましい」とは何事だ。

珍しくまともなことを言ったつもりの靖貴に、克也は顔色一つ変えずに反論した。

「それはそれ、これはこれだよ。俺、もともとツンデレ好きなんだよね」

なんだそれは、と深い脱力感に襲われそうになる。そういえば克也はエロゲマニアだった。彼女以外は二次元専門かと思っていたが、意外と生身の女性にも興味はあったようだ。

そして以前も「恵麻ちゃんにお願いしたい」と言っていた男子がいたことを思い出した。どうやらあいつは、ただモテるだけでなく異性の本能を焚きつけやすい存在らしい。

「まぁ、でもいい考えだよね。北岡さん狙ってる人多いだろうし、学校の中では知らんぷりするってのは」

「……だから本当に付き合ってるわけじゃないんだけど」

そこだけははっきりさせておかないと。低く言い捨てると、克也は急に見知り顔になって宣《のたま》った。

「じゃ、とっとと告白でもなんでもすれば？　向こうだって待ってるんじゃないの？」

自分は先に彼女を作ったからか、なんだか偉そうな物言いだ。

こっちの事情も知らないで……との反論が腹の中で渦巻く。だけどそんなこと表に出せるはずもなくて、靖貴はただ伸びきってぼさぼさになった頭を抱えることしかできなかった。

高校生活最後の期末試験が行われる頃には、朝晩の冷え込みがかなり厳しくなってきた。

試験の返却日、授業は午前中だけで終わってしまった。結果は特に予想と大きく外れたところはなく、「受験勉強ばっかりやってて期末対策してなかったらこんなもんかな」と思う程度だった。

克也は「今日これから明日香ちゃんと会うんだ」と言って先に帰ってしまった。センター試験まであと一ヶ月だというのになんともまぁ暢気なものである。

そんなに急ぐ用事もなかった靖貴は、駅前の本屋でぶらぶらと立ち読みをしてから帰ることにした。家に戻ったらまた机に向かうことになるから、ちょっとした息抜きが必要だ。

アウトドア系の雑誌を読みながら「受験終わったらどこか近場の山にでも登りに行こうかな」などと空想を膨らませていたところで、「ねぇ」と不意にポンと肩を叩かれた。

振り向くと目に入ったのは茶色いコートを着た同じ学校の制服の女の子。膝丈のスカートに、寒さ対策のためかゴツめのブーツを合わせている。

「あっ……」

「この時期に山登りとは、さすがだね」

田村ななみは自分の手元の雑誌を覗き込んでそう言った。ほんの少し、別の子かと期待してしまった自分が悲しい。

「違うよ。行けないからこういうの見て我慢してんじゃん」

言い訳すると田村は「そんなことしたら余計行きたくなるんじゃないの」と冷静につっこんできた。相変わらず、痛いところを突いてくる奴だ。

「そういえば、この前の約束……」

靖貴がそう口にすると、田村はにやりと笑って、いつもながらの男勝《まさ》りでぶっきらぼうな調子で答えた。

「おう、覚えてたか」

文化祭のときに、『ラーメンをおごる』と言った約束。今のところちぃばぁの秘密は守られているようだし、反故《ほご》にしてしまったら後が怖い。

今日はちょうど午後の授業もないから、約束を果たすのにうってつけの日だろう。

「これからどうだ」と誘いをかけると、「実はそのつもりで声を掛けた」としたり顔で返されたので、本屋を出て田村と連れ立って駅の改札へと向かった。

地元の駅で降りた後、目的地へは歩いて向かった。田村はいつも駅まで徒歩で来ているため、靖貴は自転車を押していた。

まもなくガード下にあるラーメン屋「みまつ」の店舗に着いた。店はちょうど昼時のピークを過ぎたのか、混んではいたが待つことなく入れた。

カウンター席に並んで座る。目の前の壁にはメニュー表と別に、手書きで作ったポップが飾ってあった。店内には何故かいつもビートルズが流れていて、そのときかかっていたのは「She loves you」だった。

「季節限定・うまからみそだって」

「いや、私は塩一択だから。気になるんならめっしーそっちにすれば」

田村の言葉を受け、靖貴は自分に限定のラーメンを、田村には予定通り塩ラーメンの大盛り煮卵入りを頼んだ。

待っている間も、話題は直前に迫った大学入試のことばかりである。範囲終わんなくてマジやばい。この前なんか夢の中でも勉強してた。いやいやもう私は二年計画で行くよ、などと「どれだけ切羽詰《せっぱつ》まっているか」のやりとりは続く。だけど田村はやっぱり自分よりも優秀な子だから、きっと本当は全然余裕なんだろうな、と靖貴は思った。

そうして三曲ほどのビートルズソングが終わった頃、目の前にお待ちかねのラーメンが運ばれてきた。

どんぶりを覗き込むと、一瞬で眼鏡が曇る。お腹が空いていた靖貴はすぐに割り箸《ばし》を割って、ねぎが大量にトッピングされた赤いラーメンを食べ出した。田村も同様で、もうもうと湯気の立つスープを冷ますことなくすぐにレンゲで掬《すく》った。

「あっ……っつ」

少し辛く味付けされていたねぎは、食べているうちに汗がじっとりと滲んできた。ようやくねぎを食べ終わると、麺の層にたどり着く。

ずるずるとスープが絡む麺を啜り始めたとき、それまで黙々と食べていた隣の田村が「そういえば」と唐突に口を開いた。

「めっしー、F組の北岡さんといい感じなんだって?」

ブホッと思わず口の中にあった麺を噴き出す。ちょっと鼻の方にも行ってる。

慌ててカウンターにあったティッシュを取って、口周りとテーブルに飛び散った物を拭いた。いけない、ついビックリして汚い真似をしてしまった。

「なんで……」と小声で呟いて田村を振り返ると、彼女は箸を持ったまま淡々と答えた。

「この前ペヤングと会ったらさ、『やっさんに、とうとう春が来そうなんだ』って鼻息荒い感じで言われたもんでね」

ペヤング、とは克也のことだ。これも中学校のとき付けられたあだ名らしく、「かっちゃんペー」→「ペー」→「ペヤング」と変化していった説と、「ペヤング焼きそば」の容器のように顔が四角いから、はたまたペヤングが好きでいつも食べてたから、などと諸説あるが真相はよく分からない。

ガチオタの克也と、無駄に趣味と知的教養の範囲が広い田村は昔から気が合うようで、帰りの電車などで一緒になると二人してえらい勢いで靖貴には分からない会話で盛り上がっている。男女の枠を超えた何かがそこには存在するらしい。

しかし今はそんなことどうでもいい。克也め、なんてことをしてくれるんだ。この田村は「口が軽い」を自ら認めて憚《はばか》らない奴だぞ。そんなんだからお前は一般の女子に人気がないんだ、とその角張った面影に暴言を吐きたくなった。

ただ出所が克也というのは、考えようによってはマシかもしれない。「アイツが勝手にそう思い込んでるだけ」と言いくるめれば済む話だ。ヘラッと笑って早速否定しようとした靖貴に、田村はハスキーな声で付け加えた。

「それに、うちのクラスの子からも」

「え……っ」

「先週『恵麻が最近、同じクラスの飯島くんって人と仲いいみたい。田村さん同じ部活だよね？』って、ギャルっぽい女子に聞かれた」

　途端に表情が凍りつく。『ギャルっぽい子』と言うからには、そのクラスメイトはおそらく克也とは違うところから噂を聞きつけたのだろう。克也にそっち系の友達はいない。一体いつ、と悩んではみるものの、どれも確信までには至らなかった。

「仲いいっていうか、予備校帰りとかにたまに一緒に帰ってるだけ……」

「たまに？　私毎週って聞いたけど」

　間髪《かんはつ》入れずに入った追及に、靖貴は返事もできずに黙り込んだ。

「どうなの、その辺」

　凄味のある声で尋ねられる。

　田村は頭がキレて勘の鋭い子だ。ここまで周りに気づかれているということは、きっと今誤魔化してもそのうち真相を知ることになりそうだ。そうすれば、田村の自分に対する信用が落ちしてしまうし、彼女自身も「嘘をつかれた」と傷つくかもしれない。

　ずずっと縮れ麺を一気に啜ると、息を吐いてからゆっくりと答えた。

「ほぼ毎週一緒に帰ってるのは、本当。だけど、付き合ってるんじゃないのも、本当」

　自分で言っていて悲しくなった。おそらく自分とあの子は、傍《はた》から見れば普通の友達以上に仲睦まじげに映るのだろう。確かに向こうはこちらのことを多少信頼しているらしいことは分かる。だけど本当にそこまでだ。どんなに自分が彼女のことを想っていても、結局振り向いてくれることはない。

田村は無表情で「ふーん」と呟くと、麺の少なくなったスープをレンゲで掻き混ぜながら靖貴に尋ねた。

「で、めっしーはどうしたいの」

「どうって……、別に……」

特に靖貴としてはこれ以上何をしようというわけでもなかった。告白、なんて大それたことができるはずもないし、することで関係が拗《こじ》れてしまうのだったら、別に今のままでいいと思っていた。それに自分たちは受験を目前に控えた高校三年生だ。わざわざこんな時期に事を荒立てる必要もない。だけど心の奥底の、本当の本音を言わせてもらえば、生意気でわがままなままでいいから自分のことを「好き」だと言ってほしい。身も心も自分のものにしたい。彼女の顔を見るたび、いつもそう願っていた。

曖昧に言葉を濁す靖貴に、田村は一旦レンゲと箸を置いて、水を飲んでから呟いた。

「あのさ、余計なお世話かもしんないけど」

なに、と聞き返す。お腹一杯になったのか田村はふぅ、と大きく息を吐いてから、こちらを見ずに小声で言った。

「北岡さんとかには、気をつけた方がいいよ」

突然浴びせられた冷や水に、靖貴は取り繕うのも忘れて顔を顰めてしまった。

そんな反応を見越していたのか、田村は冷静に続ける。

「あの、北岡さんと仲いい持田さんとか安藤さんとかいるじゃん。あの人たちと同じクラスだったけど、結構裏表があって人の悪口とかすごい言ってたし、北岡さんも、中学の頃周りの男の子にさんざん気を持たせておいて、結局振っちゃったりとか何度もしてたって聞くし。あの辺のグループ、あんまりいい噂聞かないんだよね」

第三者から聞かされた北岡に対する評価は、聞くに堪《た》えないものだった。

もともと田村のような地味な女子と、ああいう感じの女子は仲よくなれないだろうとは思っていた。だが田村は昔から、横柄だがサバサバとしていてドライな気性だったはずだ。そんな田村がここまで他の女子を貶《おとし》める発言を陰でするのは初めてで、北岡のことを悪く言われた以上に、そのことが靖貴にとってはショックだった。

「さんざん気を持たせておいて……」のくだりは、以前久美子がこぼしていた「人気のある男の子に勝手に惚れられて女の子たちから総スカンくらった」という話のことか。どちらが真実なのかは分からないし、田村の言っていることも伝聞形が多くて信《しん》憑《ぴょう》性に欠けるが、少なくとも一部の人間にそういう捉え方をされたのは事実なのだろう。

それに、自分も北岡に対して長いことマイナスのイメージを持っていた。だから、「あまりいい噂聞かない」というのも妙に納得できてしまう。

いや、でもそれは違うと自分に言い聞かせる。彼女はつっけんどんな印象だから悪く思われがちだけど、本当は人見知りで不器用だからそうなってしまうんだ。だけど靖貴の中の北岡像が、ほんの少しだが根底から揺れた気がした。

否定も肯定もできずにいる靖貴に、田村はさらに付け加えた。

「あと、さっきの話聞いて、うちのクラスのあんまりガラのよくない男子とかも、『飯島ってどれ?』とか言ってたから。ヘタに絡むと面倒なことになるよ」

そのとき靖貴は「あっ」と思った。田村はB組で、例の早坂と同じクラスだ。

「もしかしてそれって」と言いかけて靖貴は止めた。このことを尋ねたら、廊下で捨てゼリフを吐かれたことも田村に告げなくてはならない。田村に余計な心配は掛けたくない。靖貴は初めて聞いたフリをして、適当に頷くしかできなかった。

「ま、めっしーがそれでいいっていうんならホントはそれでいいんだけど。でもやっぱ同中の腐れ縁としてはちょっと気になるじゃん」

「うん……」

あまり話に手応えを感じられなくなったからか、田村は「あーあ」と大きく伸びをすると、カウンターに肘を突いて気怠げに呟いた。

「てゆーか今はそんなことよりセンターだよな。……んっとにあのモンスター、どうやって倒すんだよ」

やっぱ正攻法で倒すしかないんじゃん？　と靖貴は話を合わせたものの、頭の中は混乱してそれどころではなかった。

どんぶりの中のラーメンを啜る。麺は少し伸びてしまって、早く食べておかなかったことを靖貴は悔やんだ。

次の日靖貴が登校すると、机の上に「忘れ物を預かっているので、工芸室に来てほしい」との手紙を見つけた。

工芸室は別棟の一階にある。特に思い当たる忘れ物もないのだが、もしかしてボーッとしている自分のことだから、何かどこかで落としてしまっていたのかもしれない。

こんな朝に誰かいるとは思えないが、とりあえず行くだけ行ってみるか、と一人教室を出て階段を下る。

下履きのスニーカーに履き替えて、手ぶらの状態でとことこ別棟へと向かう。体育館の方からは、朝練をやっている運動部のかけ声などが聞こえていた。

今日も寒いな、と思いながら校舎の端っこを曲がろうとしたときだった。

ぽつん、と頬に水滴があたる。

（雨――？）

さっきまで晴れてたのにおかしい、と空を見上げようとした瞬間、靖貴の頭上には大量の水が降ってきて、避けきれず彼はずぶぬれになってしまった。

（なんだこれ……）

あまりに予想外のことで、何が起こったかすぐには理解できなかった。今自分が被ったのは長い時間放置してあった雨水なのか、枯れ葉や埃《ほこり》などが水と一緒に頭や肩にくっついていた。

呆然となって階上の方を仰《あお》ぎ見る。すると、三階のベランダ辺りから複数人の男子生徒のやりとりが聞こえてきた。

「やべって、早く行こうぜ」

「てゆーかマジやるか⁉ さすがにちょっと引く……」

確かあそこは生徒の人数が多かったときに使われていた教室で、今は使われていない場所だ。特に鍵が掛けられているわけでもないから、誰でも出入りが可能だったはずだ。

わざとじゃないなら降りてきて謝れ、と言いたいところだったが、そいつらはすぐに窓枠を乗り越えて教室内に逃げてしまい、顔までは確認できなかった。

あいつら――は、故意に自分に水を掛けたのだろうか。証拠がないからなんとも言えない。だけど昨日田村から聞かされた「ガラの悪い男子に気をつけろ」との言葉だけが思い出された。

ぽたぽたと髪の先から雫《しずく》が滴《したた》る。今まで人の悪意に曝《さら》されることなど全くなかった靖貴は、激怒することもできずにただ冬の寒さに凍えていた。


しかし果たして、呼び出しは本物であった。てっきり奴らが自分をおびき寄せるために作った方便だと思っていたが、万が一ということもあり一応工芸室へ立ち寄ってみたのだ。

靴を脱いで別棟に上がると、教員が詰めている準備室の壁に「以下の生徒は工芸の課題を返却したいので野口《のぐち》までくるように」という張り紙が貼ってあり、その下には他の生徒の名前と一緒に「３‐Ｆ　飯島靖貴」の文字が毛筆でしたためられていた。

なんだそんなことか、と靖貴はがっくりした。工芸を選択していたのは一年の頃で、今さら返されたってどうしようもないのに。

コンコンとドアをノックして準備室の中に入る。すると、工芸の担当である芸術科目教諭・野口が靖貴の姿を見るなり驚きに目を見開いた。

「あら、あなたどうしたの⁉」

さっき校舎の端で上から水が降ってきた、と簡潔に述べると、野口は中年女性らしくあっけらかんと笑って見せた。

「あー、たまーに下に人がいるの気づかないで水ぶちまける子いるのよね～。君は二年ぶりぐらいかなー」

掃除中ならともかく、こんな朝っぱらからそんなわけあるかいと靖貴は心の中でツッコんだ。だけど野口は勤続十年になるベテラン教師だ。その彼女が珍しくないと言うのならばそうなのかな、という気もする。

靖貴は野口の好意により、工芸室にあったガス給湯器のお湯で頭をざっと洗い流し、貸してもらったタオルで体を拭いた。水はワイシャツまで染みていて、いずれにせよ後で脱ぐしかなさそうだった。そしてストーブで冷え切った指先を少し暖めてから教室へ戻った。

今日みたいな日に限って、克也はまだ学校に来ていないようだ。いたら愚痴の一つでもこぼして着るものでも奪ってやるのに、などと思いながら更衣室でジャージに着替えた。

その後職員室に出向くと、担任に事情を話してとりあえず今日はジャージで授業を受けることを承諾してもらった。

担任は「一応誰がやったのか探してみる」とのことだったが、まぁ多分捕まえられないだろうな、と靖貴は半ば諦めた気持ちでいた。

すぐに朝のホームルームが始まる。前の席の男子生徒に「なんでジャージなの」と聞かれたが、事情を話すのも面倒だったので「突然の豪雨に遭った」と適当に煙《けむ》に巻いた。

一限目は化学の授業で、教室移動だ。その前にベランダで学生服を干したりしているうちに、靖貴は教室に取り残された。

やはり克也はまだ現れない。「どうせ期末の答案返却しかしないし、だったら帰っちゃおうかな」などと迷いながらも、しぶしぶ移動のため机からプリント類を引っ張り出していたところで、教室の入口の方から声が聞こえた。

「あれ、飯島？」

ドキッとして振り返るとそこにいたのはやはり北岡恵麻だった。彼女は一旦鞄とコートを自分の席に置くと、驚きに目を見開きながら楽しそうに靖貴のほうへと近寄ってきた。どうやら彼女も、克也と一緒で今日は遅刻をしてきたようだ。

「なんでジャージ？　制服は？」

「着てきたんだけど、ちょっと……」

言葉を濁すと、北岡は興味深そうに靖貴の背後などを目で探った。他には誰もいない教室に二人きり。そんなシチュエーションにそわそわしてしまう。こんな惨めな状況なのに。案外自分は我を見失いやすい質なのかな、と靖貴は自分の意外な一面を見た気がした。

「ってか髪の毛なんか濡れてない？」

とうとうそこに気づかれてしまった。靖貴は北岡から視線を逸らすと、ありのままの事実を簡潔に告げた。

「いや、保健室の前歩いてたらなんか知らないけどいきなり上から水が降ってきて……」

言い終わるが早いか、靖貴はくしゃみがしたくなって慌てて口元を覆った。くしゅん、と身を縮ませる。どうも体がだいぶ冷えてしまっているようだ。これだと風邪を引くのも時間の問題かもしれない。

北岡は不可思議そうに首を傾げた。

「ふーん。なんだろうね。上で掃除でもしてたのかな」

「どうだろう、もしかして嫌がらせかも……」

偶然自分が下を歩いていたから狙われただけか、もともとこちらを快く思っていなかった奴のところに自分が現れたのか、今のところどちらかは分からない。

うっかり呟いた靖貴に、北岡は「えーっ⁉」と驚愕の声を上げた。

「ありえない。ちょっと最近、勉強のやりすぎでネガティブになってんじゃない？」

「そう……かな」

「そうだよ。だって飯島って誰かに恨まれる性格じゃないじゃん。それとも何か、心当たりでもあるの？」

聞かれてすぐに早坂の件が頭に浮かんだが、靖貴は「ううん、全然」と首を振って何事もないことを装った。あいつがやったという証拠もないし、おそらく彼は北岡のことを気に入っているのだろう。その北岡本人に悪口を言うような真似は、足を引っ張りたいみたいで格好悪いしフェアじゃない。

それにこの子が自分のことを「恨まれる性格じゃない」と評価してくれているのだったら、そういうことにしておくのも悪くない。野口先生も「よくはないけどたまにあること」と言っていたし、上から聞こえた会話も狙ってやったとはっきり言い切れるものではなかった。そうなってくると、本当にただの偶然かなという気になってきた。こんなのが続くようなら問題だけど、今日のことは過ぎてしまったしもう忘れたい。

「ていうかさ、飯島ってファウルボールといい水といい、上から降ってくるものに弱いの？」

くすくすと笑いながら尋ねられる。そんなこと聞かれても他に当たったことはない、と反論しようとしたところで、靖貴は再びまた大きなくしゃみをした。

その勢いのよさに、北岡は呆気にとられたようだった。

「寒い？」

「ちょっとね。この下Tシャツだから……」

そう言って両腕をさすって暖を取った。ワイシャツもセーターも濡れてしまったため使い物にならない。克也がまだ来ていないので他の友達に何か着るものを借りようと思っていたが、時間がなくてそれも無理だった。屋内とはいえもう冬も本番だから、この格好ではさすがに耐えきれない。

すると北岡は「ちょっと待っててね」と言い残し、一旦教室を出ていった。

「なんだろう」と疑問に思っている間に廊下からバタン、と音がして北岡が戻ってきた。手には緑色のジャージを持っていて、北岡は「はい」と言ってそれを靖貴に差し出した。

「これ貸すよ。あたしのだけどちょっと大きめだし、下になら着れるよね」

「え……っ」

そんな、悪いよ、と慌てて断ると、北岡は形のよい眉毛を怪訝そうに顰めた。

「何で？　ジャージ貸すだけじゃん」

確かにそっちはそうかもしれないけど、自分にとっては大問題だ。ジャージとはいえ北岡《好きな子》がいつも着ているものだから、それを平気で身に着けられるはずがない。

動揺するあまり顔も見られない靖貴に、北岡は業《ごう》を煮やしたように言い放った。

「ほら、合宿んとき飯島が靴貸してくれたのと、同じだよ」

それは……彼女にとっては「大したことない」という意味だろうか。自分としてはあのとき結構な勇気を振り絞ったのだけれど、「それと同じ」と言われるとさすがに断るわけにはいかなかった。

みぞおちあたりにぎゅう、とジャージを押しつけられる。やむを得ずそれを受け取って「ありがとう」と呟くと、北岡は満足そうにこちらを見上げて笑った。

「あ、でも一応洗って返してね」

そう言い残すと、くるりと背を向けて教室を出ていってしまった。休み時間も残り少ないから、自分も早く移動しないといけない。

靖貴は自分のジャージを一旦脱ぐと、さっそく北岡に借りたものに袖を通した。

（なんか、いい匂いがする気がする）

さっきまで寒さに凍えていたはずなのに、急に全身が暖かくなってきている。「帰っちゃおうか」と思っていたけど、これなら大丈夫かもしれない。

そんなことを思っているうちに、結局その日は授業を最後（といっても午前中だけだったが）まで乗り切った。だけどやっぱり体幹は冷えたままだったようで、家に帰るなり靖貴は高熱を出し、その次の日からしばらく学校を休むことになってしまった。

うそつきエマちゃん

ここのところ勉強ばかりして体力が落ちていたせいか、なかなか体調が回復しなかったが、終業式の前日になってやっと症状が治まってきた。

「これなら、明日は学校に行けそうね」

夕方家の居間でゴロゴロしていると、仕事先から戻ってきた母親がそうお墨《すみ》付きを下した。さすがにこのまま冬休みに突入するのも心苦しいものがあったので、最終日ぐらいは学校に顔を出せそうで安心した。正直家にずっといるのも飽きてきた。

「あ、そうだ」

母親はそう呟くと、一旦居間から消えて、白い紙袋を携《たずさ》えてまた戻ってきた。

「はい」

「何これ」

訝る靖貴に、母親は笑いもせずに呟いた。

「ちょっと早いけど、クリスマスプレゼント。昨日、お父さんが取りに行ってくれたみたいだから」

なるべく早い方がいいでしょ、と言って紙袋をこちらに手渡す。

「ありがとう」と素っ気なく母親に謝意を述べる。しかし内心では嬉しくて仕方がなかった。

逸《はや》る気持ちを抑えつつ、さっそく中身を開けて取り出す。黒いアルミニウムの外装に覆われたスマートフォンが手のひらに収まった。

「しかしアンタがスマホ欲しがるなんてねぇ。今まで欲しいって言わないから友達少ないのかと思って心配してた」

靖貴は「えっ」としばし虚《きよ》を突かれた。高校の入学祝いにパソコンを買ってもらったとき、「その代わり、三年間はスマホはお預けだ」と言われたから我慢していたのだけれど、そっちはそれを忘れてしまったのだろうか。

大人っていい加減だな、と呆れ返りつつも、今は世界につながる発信器がポケットの中にある喜びの方が上回った。

（とうとう、手に入った）

自分の部屋に戻ると、早速説明書も見ずにタッチパネルを弄った。最初は手間取ったが小一時間もすると慣れてきて、アプリや音楽、写真をインストールすることに夢中になった。

新しいメールアドレスやSNSのIDを登録する。候補に挙げた何個かはすでに使われていて、苦し紛れに付けたIDはイニシャルをもじったものというなんともありきたりなものになってしまった。

そちらの宛にはまだ一通もメッセージが送られてこない。誰にも教えていないから当たり前と言ったらそうなのだが。

(明日、北岡に教えてみよう)

スマホ買ったんだ、と。ジャージを返すついでか、もしくは明日冬期講習の初日だから、予備校帰りに。連絡先の交換をしよう。

一番最初に受け取るのがあの子からのメッセージになるかもしれない。そんなことを想像しつつ、靖貴は柄《がら》にもなく浮かれていた。


軽くなった体と心で翌朝学校に向かうと、電車を降りた際ホームで田村を見かけた。近隣の高校の中には何校かすでに休みに入っているところもあるため、車内もホームも普段よりいくらか人が少なかった。

「あ、たむ」

田村はこちらを振り返ると、少し面食らったように固まった。

妙な反応だな、と思ったが、田村はすぐにいつものポーカーフェイスに戻った。

「あー、アンタこの前水ぶっかけられたんだって？　大丈夫？」

「ああ。ちょっと風邪引いたけど、もう平気。治ったよ」

吐く息が白い。手を擦り合わせて寒さをしのんでいるうちに、階段を下り終わった。

「しかしこの寒いのに、災難だったねぇ。誰にやられたの？」

「それがよくわかんないんだよね……。まぁ、偶然だと思うけど」

靖貴がそう返すと、田村の眉がぴくりと動いた。

「偶然？　バケツの水がまるまる直撃してるのに？」

……そこを突かれると痛い。だけど自分は運がない方だから、万に一つの目にあうこともあるだろう。というか、わざとだと考えると辛いから、そういうことにしておきたい。

ヘラヘラと笑ってやり過ごす。すると田村は、ますます表情を険しくして靖貴に尋ねた。

「それとさ……、アンタちょっと最近変な噂されてない？」

「噂？　何それ」

心当たりもなく聞き返すが、田村は気まずそうに言葉を濁すだけだった。

「……と、この前ラーメン屋で言ってたことじゃなくて？」

北岡とのことだろうか。それなら特に他の人間から聞かれることはなかった。というか、自分はここ数日学校を休んでいたのでよく分からない。

「ん……。知らないんだったらいいや。私は気にしてないし」

曖昧に笑って田村が返す。なんだか「これ以上聞くな」と言われているようで、靖貴は言葉を飲み込んだ。

……田村にもスマホ買ったことを言おうと思ったけど、なんとなくそんな雰囲気じゃない。

改札を出ると、田村は「ちょっとコンビニ寄って行くから」と言って駅前で別れてしまった。ついていく用事もなかった靖貴は、イヤホンを耳に突っ込んで一人学校へと向かった。

「変な噂」とはなんだろう。嫌な予感に胸が騒いだ。

久々に登校したけれど、教室の中は特にいつもと変わりがないように見受けられた。

でも体育館で行われた終業式のとき、他のクラスの女子から何度かチラチラと見られた気がする。好奇心と嫌悪感が混ざったような視線。地味で目立たないけれど、少なくとも人に害を与えないとされている靖貴には、今まで決して向けられなかった種類のものだ。

――先ほど田村に言われた「変な噂」のことが頭を過った。しかし確証もないのでとりあえず放ってくことにした。どうせ明日から冬休みだ。年が明けたらセンター試験も控えている。些末《さまつ》なことに気を取られている場合じゃない。

掃除といつもより長いホームルームが終わると、正午前に放課になった。「これから明日香ちゃんとデート」という克也を先に帰すと、靖貴は成績表や休んでいる間受け取りそびれた試験の答案をもらいに職員室へ出向いた。

成績表も答案も、大方の予想どおりだった。前の学期とほとんど変わりなし。唯一力を入れていた物理は学内順位がだいぶ上がっていたので、そのことに少なからず安心した。

担任に礼を述べて職員室を出る。昇降口に向かっているときに、ふと手に持っていた紙袋の中身のことを思い出した。

(結局、返せなかったな)

階上から水を掛けられた日に北岡から借りたジャージ。掃除の時間や休み時間、周りに人がいないときを見計らって渡そうと思っていたが、うまい機会もなく放課後になってしまった。今もどこかでばったり出会ったら、と思って持ち歩いていたけれど、冬休みになり学校がなければ北岡だって使う用事もないだろう。やっぱり年が明けたら返すことにして、その間廊下のロッカーに入れておこうと教室のある四階へと戻る。

三年F組の教室の前にたどり着く。すると、扉の閉められた教室の中から、女の子数名の賑やかなおしゃべりが聞こえた。

「恵麻はさ、初詣《はつもうで》どっか行く？」

聞こえてきた名前にぴくりと耳が反応した。どうも、この中には北岡もいるらしい。ちょうどいい。少し様子を見て北岡だけが出てくることがあったらこれを返そう。一応お礼も言いたいし、返すならなるべく早いに越したことはない。

廊下の壁にもたれ掛かって北岡を待つ。他に人もいないからか、教室の中の声はそこそこ耳に入ってきた。そこで気がついたのだが、確実にこの中にいるはずなのに北岡の声があまり聞こえない気がする。だけどもともと積極的に話を振る方ではないので、やっぱりこんなものなのかもしれないな、とそう彼は思った。

教室にいる女子たちは彼氏の話やファッションの話、あとはやはり受験の話など、ころころと話題を変えては楽しそうに笑い合っていて、なかなか出てくる気配はない。

デジタルの時計がピッと小さな音を立てて「12:30」を表示した。本来であればもうとっくに駅に着いてる時間だった。

あと五分。それだけ待って出てこなかったら自分も帰ることにしようと決めて、靖貴は再びとりとめもないガールズトークを聞くともなしに聞いていた。

誰もいない廊下は冷える。靖貴が手に息を吹きかけたとき耳に届いてきたのは、折しも差し迫ったクリスマスの予定についてだった。

終業式の今日、恵麻はクラスが同じで仲のいい美優、珠里、心菜、それとC組で二年のときのクラスメイトの舞子《まいこ》とハワイ風のハンバーガー店でランチをする約束になっていた。

今日はこのあと予備校があるけれど、最近はずっと勉強していたからたまのご褒美だ。「行ったら何を頼もうかな」と、今日は朝からそんなことばかりを考えていた。

学校は午前中に終わり、ホームルームの後すぐにランチに行く予定だった。けれど、一緒に行くメンバーの一人である心菜が、「どうしても分からないところがある」と数学の教師に質問してくるとのことで、残りの三人と一緒にF組の自分の教室でおしゃべりをしながら心菜を待つことにした。

すぐに戻ってくると言ったのに心菜はなかなか帰ってこない。お腹空いたな、と恵麻は思いながらも、友達との会話に適当に耳を傾けていた。

「もうすぐクリスマスだね。美優はやっぱり先輩とデート？」

「うーん……、どうだろう」

珠里が尋ねると、美優は曖昧に首を傾げた。

その仕草で「美優はおそらく、今現在先輩と上手くいってないんだろうな」と恵麻は推測した。ラブラブなときは、いつもこちらが聞かなくてもアピールがすごい。だからきっと、格好悪いから言わないだけでケンカでもしてるんだろう。美優は見た目のわりに毒舌で面白い子だけれど、ちょっと気分屋で見栄っ張りなところがある。

美優の反応をどう捉えたのか、珠里ははぁ、と大げさにため息をついて見せた。

「いいねー、彼氏持ちはうらやましい」

特に本心から思っているわけでもないが、恵麻はその言葉に一応の同意をして頷いた。

「うちらは普通にクリスマスも勉強だよねぇ」

そう苦笑いをする恵麻の顔を、珠里ははたと見返した。

「え、でも恵麻ってさ、最近飯島くんと仲いいらしいじゃん」

「えっ……」

突如振られた話題に、思わずビクッとしてしまった。

それは一応事実ではある……けど、何もここでバラさなくても。どう返していいか分からずにいる恵麻に、珠里は作り笑いをしながら言った。

「大成《たいせい》が言ってたよ。予備校の帰りとかいつも一緒に帰ってるんだって？」

前振りのように出された名前に、驚きだけでなく嫌な予感が体中を駆け抜けた。

大成……とは合宿のとき自分に抱きついてきたB組の男子・早坂の下の名前だ。あのだらしなく緩んだ口元を思い出すだけで、背中に冷たいものが流れてくる。

どうしてよりによって、と恵麻は自分の浅はかさを悔やんだ。飯島とのことは別に隠し通そうと思っていたわけではない。なんとなく外堀から埋めていって、気がついたら皆の公認になっていた、というパターンも最近はアリだと思っていた。だけど知られたのが早坂となると話は別だ。

早坂は幼馴染みである珠里などにはいい顔をするが、実はものすごく執念深い上に根性が悪くて、同じラグビー部の後輩にえげつないイジメをしてたという話を他経由で聞いたことがある。合宿のことがあった以降も彼はまだ自分を諦めていないらしく、放課後に偶然会う度に家に来ないかと誘われた（もちろん毎回断った）。きっと今回も、こちらの様子を探らせるために珠里にわざとこの話を吹き込んだのだろう。

おそらく早坂に自分たちのことを知られたら、公認になる前にあいつにひねり潰されてしまう。というか、もしかしてすでに飯島に手を出したりしてないだろうか。

と、そこで恵麻は唐突に思い出した。

（この前、飯島が水ぶっかけられたのって……）

あいつの仕業か、と恵麻は直感した。そういえば早坂が昔気に入らない後輩に似たようなシゴキをしたという噂もあるし、一度思いつくとそうだとしか考えられなかった。

どうしよう。自分のせいで飯島にとんでもない迷惑をかけてしまったかもしれない。不安がる飯島に「嫌がらせなんてあり得ない」と笑って流してしまったけれど、もっと話をちゃんと聞いてあげればよかった。

恵麻が動揺するあまり何も言葉が出せずにいると、美優が少し小馬鹿にしたように呟いた。

「えー、恵麻ってあんなのが趣味だったの。意外」

あんなのなんて言うな、と喉元まで出かかった。

だけどそんなことをしたら、きっと珠里は早坂にそれを密告するだろう。珠里は早坂のいいところしか見ていないから、彼になんでも話してしまうようだ。

「いやー、たまたまだよ。別に、あたしも向こうも合わせてるわけじゃなくて」

恵麻は適当にお茶を濁そうとしたが、それに気づくことなく珠里がぽかんとした口調でツッコむ。

「でも、そういえば、この前も教室移動の前に二人でなんかやってたね」

あれも見られていたのか、としばし愕然とする。あのときは遅刻してきたし、誰もいないと思って油断していた。

上手い言い訳も思い浮かばず俯く恵麻に、美優は無責任に囃《はや》し立てた。

「好きなの？　付き合っちゃえば。お似合いだと思うよ」

さっきからこの子は「あんなの」と言ったり「お似合い」と言ったり。一体どうしたいんだ。じりじりと苛立ちが募ってくる。

自分が彼氏とぎくしゃくしてるからって、他人の恋愛を引っ掻き回すのはやめてほしい。もちろん、そんな挑発に乗るわけにはいかないのだけれど。

恵麻とそれをからかう美優と珠里に、それまで何も言わず成り行きを見守ってきた他クラスの舞子が不安げな声音で尋ねた。

「ねぇ、その飯島くんってあの飯島くん？」

「あの」とはなんだ。飯島は目立たず人の口に上るようなタイプではない。

恵麻が訝しく思いつつ「どうしたの」と聞き返すと、舞子は首を捻りながら重苦しく口を開いた。

「いや……、この前クラスの男子から聞いたんだけど」

「……うん」

「あの人、盗撮やってるって噂があるんだよね」

あまりの衝撃的な言葉に、恵麻はもちろんのこと、美優も珠里も「えっ……」と呟いたきり押し黙ってしまった。

「……それ、マジ？」

美優が聞くと、舞子は「うーん」と首を傾げつつも続けた。

「分かんない。でも聞いたとこによると教室の前に画面付けっぱのスマホが落ちてて、何気なくそれ開いてみたら、中にへんな写真がいっぱいあって、誰のか気になって取りに来るか隠れて見てたら、飯島のだったたって」

そんなわけない、とすぐでも叫びたかった。第一、飯島はスマホや携帯電話の類を持っていない。一度「家に電話を掛けたい」というので予備校の帰りに自分のものを貸したことがあるが、彼は使い慣れてないため何回も押し間違えていた。万が一自分のを隠し持ってでもいたら、あんな風にはならないだろう。

あいつはオタクとつるんでるし、見た目があんなんだから妙に本当っぽい感じがしてしまうけれど、でもこんなのはガセ中のガセだ。どこの誰がこんな根も葉もないことを言い出したのだろうか。

……だけど、下手な擁護《ようご》は今はできない。そもそも、飯島がスマホを持ってないことを知っているのはこの中では自分だけで、さほど有名でない事実らしい。そこを突っ込んで聞かれるとまた「仲いいね」から始まって、火に油を注ぐことになってしまう。恵麻はやりきれなさを噛みしめながらも、ぐっと言葉を飲み込んだ。

「どーする、恵麻。彼氏が盗撮だって」

くすくす笑う美優に、言い様もない腹立たしさが湧いてくる。ちくしょう、何が楽しくて笑ってられるんだ。他人の不幸がそんなに楽しいか。

「だから、そんなわけないじゃない」

「おーっ、かばうねぇ」

「そうじゃなくて……」

怒りと悔しさで心が乱れる。

こんなことになるんだったら、もっと前から「飯島のことを気に入っている」とほのめかしておけばよかった。下手に興味を持たれたくなくて、誰にも打ち明けなかったのがまんまと裏目に出た。だけど今さら引き返せないから、ここは意地でもしらを切り通すしかない。恵麻の頭の中には、それしか選択肢が思い浮かばなかった。

恵麻はきっぱりとした口調で強く言い放つ。

「ホントに、アイツのことは好きとか付き合ってるとか、そんなんじゃないから」

「えーっ、ホントに？」

「ムキになるあたり怪しいなぁ」

空気を読まず食い下がる二人に、恵麻の中でプチッと何かが切れた音がした。

「いい加減しつこいよ。あんな奴、好きどころか友達でもなんでもないから」

ここまで言えばさすがに懲りるだろう。本当は彼のことをこんな風に言いたくなかった。けど一旦口にしてしまった後は、もうどうにでもなれ、との思いと一緒に笑いがこみ上げてきた。

「よくよく考えてみなよ。あんなオタク、あたしが相手にするわけないじゃん」

それは、外にいる靖貴にもはっきりと聞こえた。そしてその後の「分かってるって」とか「そうだよね」と同意して笑う声まで。

田村が言っていた「変な噂」がなんだったのか、はからずもこれで分かってしまった。自分は盗撮の疑いをかけられている。だから先ほどの終業式で女の子に気持ち悪そうに見られたのだ。

こんなのはデマもいいところだ。自分は写真撮影の嗜みが多少あるけれど、その技術をやましいことに使ったことなど一度もない。……そもそも、昨日までスマホを持っていなかったのだから、言われているようなことをできるはずもない。しかしこの手の衝撃が強い噂は、嫌悪感をもたれやすい分、皆の関心も高くすぐ広まってしまう。地道に「誤解だ」とアピールし続けて噂が消えたとしても、誰かの心の中に「飯島＝盗撮魔」のイメージが残り続けるのではないか。そう想像してぞっとした。それと同時に無責任に噂を撒《ま》いた人間に対し、強い憤《いきどお》りを覚えた。

でも、それだけならなんとか乗り切れただろう。どうせあと三ヶ月でこの学校を卒業する。そうすれば、汚名《おめい》を返上することはできなくても、周りの白い目から逃げることはできる。年明け後三年生はすぐに自由登校に入るから、それまで耐えればいいだけの話だ。

だけど――

『よくよく考えてみなよ。あんなオタク、あたしが相手にするわけないじゃん』

これはキツい。しかも「友達でもない」とまで言われてしまった。「彼女の気持ちを知りたい」と願っていたけれど、こんな真実ならやっぱり聞きたくなかった。

だったら、あの予備校の帰りに見せた数々の表情はなんだったのか、と思う。普段無愛想な北岡が、自分といるときはほんの少し笑顔が多くて、たまに寂しそうに自分に甘えてくる。あれはなんのためにしていたことだったのか、と。

おそらく、田村の言うとおりだったのだ。散々思わせぶりな態度をして、気を持たせるだけ持たせて、男がその気になり出したら、「何勘違いしてんの」と手のひらを返す。そして慌てふためく姿を見て、友達と嘲《あざけ》って楽しむのだろう。

それに北岡は、靖貴が携帯電話などを持っていないことを知っているはずなのに、噂を否定することすらしなかった。彼女にとって自分とはその程度のもの。どれだけ悪評が立とうが知ったことではない、まさに友達以下の存在だ。

ズキズキと胸が痛んでくる。すっかり騙されてしまった自分が惨めで情けなくて、あの合宿の前に戻りたいと、彼女のことを「嫌な女」としか見ていなかったあの頃のままでいたかったと、唇を噛みしめて俯いた。

「あれ、飯島くん。何やってるの？」

横から声がしたのでそちらを振り向くと、クラスメイトの女の子がこちらを見て不思議そうに首を傾げていた。

「あ……大塚さん」

大塚心菜は二年のときも同じクラスで、一学期の頃は席も近かった。北岡らと懇意《こんい》にしているグループの一人だが、その中では比較的気さくな方だ。用事がなければ話すこともないが、話しかければきちんと受け答えをしてくれるし、相手によって露骨に態度を変えるようなこともしない（そういえば、田村も大塚のことは悪く言っていなかった。ただ知らないだけかもしれないが）。先ほど教室から「心菜遅いなぁ」という声が聞こえてきたから、中の子たちは大塚を待っているようだ。

そしてこの子はまだ自分についての噂を耳にしていないのだろう。自分を見つめる視線には、非難がましいものや距離を置こうとするような向きは感じられなかった。

靖貴は手にしていた袋から、緑色のジャージを大塚の方に差し出して言った。

「これ、北岡さんに渡しておいて」

もう自分はあの子に合わせる顔がない。だから大塚に頼んでしまおう。

大塚がこれを北岡に渡すとき、「何故飯島が持ってたの」と質問するかもしれない。でもきっとあいつは、その辺も上手く言い逃れするだろう。なんてったってあんなに簡単に自分を欺《あざむ》くことのできる大嘘つきだ。どこかに落としたことにでもすればいい。

「うん。分かった……、けど大丈夫？　顔色よくないよ」

大塚はそれを受け取ると、自分の顔を覗き込んで気遣いの言葉を口にした。

靖貴は咄嗟に一歩後ずさると、顔を軽く背けながら、口元を手で隠して答えた。

「あ……まだ、風邪が治りきってなくて。でも大丈夫。心配しないで」

そのまま彼女と目を合わせずに背を翻す。あまり観察されると、泣きそうになっていることがバレてしまう。靖貴は「じゃ」とだけ言い残すと、早足でその場を離れて昇降口へと向かった。

下駄箱の前で靴を履き替えようとしゃがんだとき、手に入れたばかりの機械がポケットの中からこぼれ落ちてゴトッと音を立てた。

慌てて拾うが画面には傷が付いてしまっていた。まだ誰ともつながっていないのに。

だけど買ってもらった目的の半分ぐらいはもうなくなっていた。そのことがとてつもなく空しくて、手の中にあるものが重たくて仕方がなかった。


午後になり、靖貴は予備校へ出向いた。

体調はまだ全快とまではいかなかったが、冬期講習の授業料を振り込んでしまったからもったいないし、それに何より家に一人でいたら余計なことを考えてしまいそうで、それもまた耐えられそうになかったからだ。

雪山でも使えるようなアウトドア用のジャケットを羽織り、その下にはしっかりフリースを着込むなどして防寒対策を厳重にして出かけた。おかげで外の風は冷たかったが、さほど寒いとは思わなかった。

センター対策用の英語の授業と、二次試験に向けての数学の授業を二コマ続けて受ける。学校の授業がない分開始時刻が前倒しになったため、講義自体は通常よりも終わるのが早かった。だけど家に早めに帰ってもダラダラしてしまうだけなので、建物が閉館になるまで自習室で今日の復習をしてから帰った。

音楽を聴きながらゆっくりと駅へと歩き、改札を抜けて構内を彷徨う。

と、そこで彼はふと気づいた。

足が勝手に、いつも北岡が待っていた場所へと向かってしまっている。本来であればこの辺は降りたときにだいぶ改札が遠くて、不便極まりない乗車口だった。

バカだな、と自虐《じぎゃく》気味に笑った。あんなに酷いことを言われたのに、習慣というのは恐ろしいものだ。

それに前に彼女は「冬期講習は夕方には終わる」とちらりとこぼしていた。だから、行ったたってもういるはずがない。

……そんな風に考えていたから、階段を下りきる前にホームを見上げて映った光景には、心臓が止まるかと思うぐらい驚かされた。

北岡が、いつものように下を向いてベンチに座っていた。さすがに受験が近いからか、以前のようにスマホで遊んでるわけではなくて、参考書らしきものに目を落としていたけれど。

靖貴は一瞬、声を掛けようかと悩んだ。だけど昼間の声が耳に甦って首を振った。

だいたい北岡が、今日も自分を待っているという確証はない。たまたま講義が長引いて、終わったのが今の時間だったのかもしれない。

靖貴はホームにたどり着くと、北岡から身を隠すように離れた場所で電車が来るのを待った。

たまにちらりと北岡の方を窺ってみるが、斜め後ろから見る彼女の姿は、こちらを振り返ることもなければ、自分がここにいると勘づく様子もなかった。

普段と変わらない横顔を見ていると、怒りとも悲しみともつかない感情が沸き起こって堪らなくなった。どうして俺を騙したんだ、と。そんなことをして楽しかったのか、と思いっきり詰め寄って反省させてやりたい衝動に駆られた。

けれど「騙してなんかいない。そっちが勝手に舞い上がっていただけ」と言われれば言い返すこともできない。思い起こしてみても、確かに北岡は自分に対しての好意を決定づけるような言葉など一度も吐いたことがないのだ。ただ心細げな視線と、思わせぶりな言葉、たまに体に触れることだけでこちらの意識を煽《あお》り立てていた。その辺の証拠を残さない手口も巧妙で、自分程度の男では太刀打《たちう》ちできないと改めて思う。

また「友達なんかじゃない」というのも本気なのか知りたかった。しかしこれも、そんな些細な立場にしがみつこうとしてる自分が格好悪すぎて、やっぱり絶対尋ねられるわけがない。

それでもあれを聞かなかったことにして、今までどおり友達のフリを続けるような図太い根性は自分にない。

と、なると、自分に残された方法はただ一つ。できるだけ距離を置いて逃げることだ。もう北岡に関わることで、これ以上惨めな思いはしたくない。中途半端に獲物を捕り逃したと知れば、狩人《かりうど》である彼女のプライドも少しは傷つくだろう。それが、自分《じぶん》にできる精一杯の抵抗で復讐だった。

電車接近のアナウンスが流れ、轟音と共に電車が滑り込んできた。すぐ近くのドアから乗車すると、靖貴は窓際に立って息を潜め、ホームの方をじっと見つめながら発車を待った。

これでいい、と何度も自分に言い聞かせる。大体以前北岡が何も言わずに帰りをすっぽかしたときも、次の週に「ごめん」の一言もなかった。あれは各自が勝手にやっていたこと。だから、どちらかが予告もなしに先に帰ったからといって責められるべきことではないのだ。もしかして北岡も、今頃素知らぬ顔で隣の車両に乗り込んでいるかもしれない。

ドアが閉まって電車が走り出す。数秒もしないうちにベンチに座る北岡の前を通過した。けれど彼女は、靖貴がすでに乗ってることに全く気づく素振りもなく、ただぼんやりと電車を見送っているだけだった。

どんどん北岡の姿が遠くなる。やはり彼女が誰か……おそらく自分を待っていたんだと知り、鼓動が速くなって胸が締め付けられた。

あの子はいつまであの場所にいるつもりなのだろう。この寒いのに。どんなに経っても自分はもう現れないのに。ずっと待ちぼうけを食らう華奢な体のことを想像すると、いくら憎むべき相手と言えど、それが自分を欺《あざむ》くための行動といえど少し可哀想に思えてきた。

だけど自分は、まだあの子のことを許すわけにはいかない。靖貴は目の前の手すりを握りしめながら、固く歯を食いしばって俯き一つ鼻を啜った。

『君に恋をするなんて、ありえないはずだった　そして、卒業』につづく

あとがき

　お手にとっていただきありがとうございます。そして、とんでもないところで終わってていてごめんなさい。靖貴と恵麻の話はもう少し続くのですが、「とりあえず文庫一冊分」ということでここで区切りとなりました……。

　もともとこの話は、「普通の高校生が、受験勉強しながら恋愛に四苦八苦する話が読みたいな」と思っていたところ、なかなか望むような話が見つからなかったので「じゃ、自分で書くしかないな」と書き始めたものでございます。

　舞台はおそらく全国に数多あるだろう、「伝統が一番の取り柄みたいな高校」。主人公は塩顔眼鏡、身長小さめ、真面目で地味でちょっと頑固という、誰しもの周りにいそうな男の子。対する相手役の恵麻も「学校内でトップクラスの美女」ではあるのですが、「トップクラス」＝集団に必ず一人はいるという意味でそこまで珍しい存在ではなく、内面は高校生らしい未熟さと欠点を持ち合わせている子として描きました。どれだけ現実でもありそうな要素だけで物語を書けるかというのも一つのテーマであり、ラブコメっぽい夢のある展開を期待されて読むと、裏切られたと感じるかもしれません。

ただ、靖貴らと同年代の方には二人の心の揺れ動きに「わかるー！」と共感していただき、大人の読者さまに於かれましては「ああ、こういう時代もあったな……」と懐かしく過去を思い出すきっかけに本作がなったら作者としては本望です。

お話に頻繁に出てくる千葉駅ですが、先日行ったらびっくりするぐらい綺麗になっていました。長年に及ぶ工事をしていた執筆当時と大分様相が変わっていたため、その辺の調整は結構大変でした。また二人が通っている高校については、モデルとなる学校は存在しますが、まったくイコールではない（部活の種類や試験・イベントのスケジュール、校則などなど）のでご了承いただきたく存じます（でも、「郷土地理研究会」は実在する「社会科研究部」が元ネタだったりする。部員のみなさま、勝手に使ってしまってすみません……）。

お忙しい中装画を引き受けてくださったU35様、本当に本当にありがとうございました。そして、うじうじジレジレ煮え切らない二人を応援してくださった読者のみなさまに最大限の感謝を捧げます！

また、お目にかかれる日が来ることを願ってやみません。

筏田かつら

※本書は「小説家になろう」(http://syosetu.com/)に掲載されていたものを、改題・改稿のうえ書籍化したものです。
この物語はフィクションです。作中に同一の名称があったとしても、実在する人物、地名、団体等とは一切関係ありません。

宝島社
文庫

君に恋をするなんて、ありえないはずだった

（きみにこいをするなんて、ありえないはずだった）

2017年4月8日　第1刷発行
2024年1月29日　第12刷発行

著　者　筏田かつら
発行人　蓮見清一
発行所　株式会社 宝島社
〒102-8388　東京都千代田区一番町25番地
電話：営業 03(3234)4621／編集 03(3239)0599
https://tkj.jp
印刷・製本　株式会社広済堂ネクスト

ISBN 978-4-8002-7029-0

宝島社文庫　好評既刊

宝島社文庫

君に恋をしただけじゃ、何も変わらないはずだった

筏田かつら

広島の大学へ通う柏原玲二が最悪な出会い方をした磯貝久美子は、後輩・米倉奈央矢の幼馴染。久美子に恋する奈央矢を玲二も応援しようとするのだが、行く先々で彼女と遭遇し、あらぬ誤解を生んでしまう。さらに、イケメンの医学生まで現れて……。久美子の気持ちは果たして誰に？

定価：本体640円＋税